光文社文庫

毒蜜 闇死闘

決定版

『毒蜜〝衝動殺人〟を追え!』改題

南　英男

光　文　社

この作品は、二〇〇〇年八月に刊行された『毒蜜〝衝動殺人〟を追え！』に著者が大幅加筆修正して改題したものです。

この物語はフィクションであり、登場する人物名および団体名、事件名は実在するものと一切関係ありません。

目次

毒蜜　闇死闘

第一章　狙《ねら》われた週刊誌記者

1

眼光が鋭い。

一様《いちよう》に挑発的な目つきだった。暗がりに坐り込んだ若い男たちは、通りかかる人々に尖《とが》った視線を向けていた。五人だった。

いずれも二十歳前後だろう。半グレか。渋谷《しぶや》のセンター街近くの裏通りだ。

八月中旬のある夜だった。

夜気《やき》は澱《よど》み果て、ひどく蒸し暑い。九時過ぎだ。

多門剛《たもんごう》はのんびりと歩いていた。

擦《す》れ違う人たちが申し合わせたように路《みち》を譲《ゆず》る。多門は巨漢だった。身長百九十八センチで、体重は九十一キロだ。

羆《ひぐま》を連想させるような巨体だが、シルエットは不恰好《ぶかっこう》ではない。手脚は長く、筋肉は引き締まっている。骨太で、色は浅黒かった。

肩と胸は、アメリカンフットボールのプロテクターを装着したように分厚い。二の腕の筋肉はハムの塊《かたまり》の三倍近かった。太腿《ふともも》は女性の胴ほどの太さだ。

そんな体型から、多門には〝熊〟という綽名《あだな》がついていた。〝暴れ熊〟とも呼ばれている。

体毛も濃い。手の甲は毛むくじゃらだ。

両手は野球のグローブに近い大きさだった。手指はバナナを想わせる。足のサイズは三十センチだ。いつも特別注文の靴を履《は》いている。

レスラーもどきの巨軀《きょく》だが、顔そのものは決して厳《いか》つくない。

やや面長《おもなが》の童顔である。多門は三十七歳だが、三つ四つ若く見られることが多い。

笑うと、太くて黒々とした眉《まゆ》は極端に下がる。きっとした奥二重《ぶたえ》の両眼からも凄《すご》みが消え、愛嬌《あいきょう》のある表情になる。

やんちゃ坊主がそのまま大人になったような面相が母性本能をくすぐるのか、多門は女性たちに好かれる。彼自身も女好きだ。セックスフレンドは常に十人以上はいる。

といっても、単なる好色漢ではない。多門は、すべての女性を観音《かんのん》さまのように崇《あが》めていた。老若《ろうにやく》や美醜《びしゆう》には関わりなく、等しく慈《いつく》しんでいる。

わけても惚《ほ》れた相手には、物心両面で献身的に尽《つ》くす。それが多門の生き甲斐《がい》だった。

今夜は誰と肌を重ねるか。多門は女友達たちの顔と裸身を思い起こしながら、のっしのっしと裏通りを進んだ。

ヤンキー坐りをしている若い男たちは、ごく近くにいた。五人とも髪を金色や茶色に染めている。不意に若者のひとりが喫《す》いさしの煙草《たばこ》を爪《つめ》で弾《はじ》き飛ばした。火の点《つ》いたマールボロは、多門の足許《あしもと》に落ちた。

多門は立ち止まり、靴の底で煙草を踏み潰《つぶ》した。

男たちの目が一段と険《けわ》しくなった。多門は左目を眇《すが》めた。他人を侮辱《ぶじよく》するときの癖だった。五人が気色《けしき》ばみ、一斉に立ち上がった。

リーダー格の金髪男は、右手に銀色のキラーナックルを嵌《は》めていた。昔のチンピラたちがよく使っていた喧嘩《けんか》道具だ。先端は尖鋭《せんえい》だった。まともに顔面を殴打されたら、頬《ほお》の肉は裂けてしまう。

別の者は生成《きな》りのハーフパンツのポケットから刃物を摑《つか》み出した。バタフライナイフだった。

鞘《さや》は二つに割れる造りになっていた。開くと、蝶《ちよう》の形になる。そのことから、バタフライナイフと名づけられたわけだ。二つの鞘をいっぱいに反転させると、ナイフの柄《え》になる。

「おれに何か用か？」

多門は、リーダーと思われる男に声をかけた。

「でっけえ面《つら》してるじゃねえか」

「気に入らないか？」

「ああ、超むかつくな」

「ガキ相手に喧嘩《ゴロ》は巻けねえ。いいだろう、サンドバッグになってやるよ。好きなところを殴《なぐ》りな」

「カッコつけやがって」

金髪の男が息巻《いきま》き、四人の仲間をけしかけた。だが、誰も殴りかかってこない。威圧感に竦《すく》んでしまったのだろう。

「どうした？」

多門は五人を順ぐりに睨《ね》めつけた。

男たちは次々に目を逸《そ》らし、後ずさった。少し威《おど》してやるか。多門は靴で地を強く踏み鳴らした。

五人の男は相前後して身を翻《ひるがえ》す。逃げ足は揃《そろ》って速かった。連中はひと塊になって、近くの脇道に逃げ込んだ。

多門は追わなかった。半グレと思われる雑魚《ざこ》たちをぶちのめしたところで、なんの自慢にもならない。

多門は歩きだした。

いくらも進まないうちに、白い麻のジャケットの内ポケットの中でスマートフォンが震動した。代官山《だいかんやま》にある自宅マンションを出るとき、マナーモードに切り換えてあった。

多門は道端で、スマートフォンを耳に当てた。

「日本橋《にほんばし》の伊東《いとう》屋呉服店でございます」

「ああ、先日はどうも。その後、東西《とうざい》銀行から何か連絡は？」

「少し前に支店長がこちらに見えまして、わたしどもの不良担保物件を転売したいという話は白紙に戻してくれると……」

「それはよかった」

「これも、多門さんのおかげです。深く感謝しています」

老舗《しにせ》呉服店の社長が涙声で礼を述べた。もう七十歳過ぎだった。

多門は裏社会の始末屋である。言ってみれば、交渉人《ネゴシエーター》を兼ねた揉め事請負人《トラブルシューター》だ。

世の中には、表沙汰《おもてざた》にできない悩みや揉め事がある。多門は体を張って、さまざまなトラブルを処理していた。危険を伴《ともな》うだけに、成功報酬は悪くない。一件で最低、数百万円になる。ひとつの依頼案件で、数千万円を稼いだこともあった。

知人を介《かい》して伊東屋呉服店から相談を持ちかけられたのは、およそ半月前だった。

老舗呉服店は店舗ビルを建て直す際、土地を担保に東西銀行から四十億円の融資を受けた。十二年前のことである。担保物件の評価額は七十億円近かった。

呉服屋の店主は新しいビルの四階から九階までを貸事務所にして、その家賃収入をそっくりローンの返済に充《あ》てる心づもりだった。

ところが、目算は狂ってしまった。店舗ビルが完成して間もなく、景気が悪くなったからだ。

賃貸料は大幅に下がり、返済計画は立たなくなった。昔気質《かたぎ》の老店主は本業の利益で懸命に債務を減らしつづけたが、やがて利払いも滞《とどこお》らせるようになった。

債権者である東西銀行は、不良担保物件の処分を検討しはじめた。その情報を入手した大手不動産会社が、伊東屋呉服店の土地付き店舗ビルを三十億円で買いたいと〝損切り屋〟に伝えたのである。

デフレ不況になってから、地価は下がりつづけている。土地で資産を膨《ふく》らませることのできる時代は、もう訪れないだろう。となれば、価値のある不動産を安く買い叩けるチャンスだ。

現に黒字企業の多くは、この不況下でも都心の土地やビルを買い漁《あさ》っている。不動産会社にとっては大きなビジネスチャンスが到来したわけだが、企業イメージも傷つけたくはない。

そこで、〝損切り屋〟と呼ばれるブローカーたちがハイエナじみた交渉を引き受けるようになったのだ。彼らは予《あらかじ》め依頼主である大手不動産会社や黒字企業から予算枠を聞いてから、金融機関が抱え込んでいる不良担保物件の買い取り交渉に取りかかる。

どの金融機関も焦《こ》げついた債権を少しでも回収したいと考えている。不良担保物件を競売にかけても、なかなか落札されない。そんな事情があって、〝損切り屋〟の持ち込む買収話に食指《しょくし》を動かす銀行やノンバンクは少なくなかった。

大半の〝損切り屋〟は何らかの形で、闇の世界と繋《つな》がっている。

彼らは金融機関の不正融資やスキャンダルなどの証拠をちらつかせながら、巧《たく》みに商談を進めていく。できるだけ早く債権を回収したいと考えている銀行やノンバンクは、たいがい値引きに応じる。

取引の成約率は高い。商談がまとまれば、〝損切り屋〟は売買価格の一割を謝礼として貰える。もちろん、交渉に要する経費は別払いだ。

多門は、かつて裏社会で生きていた。二十代の半《なか》ばから三十三歳まで、新宿《しんじゅく》の関東義誠《かんとうぎせい》会田上《たがみ》組に世話になっていたのである。そんなことで、闇ビジネスには精《くわ》しかった。

多門は依頼を引き受けると、まず〝損切り屋〟のバックにいる筋者《すじもの》を調べ上げた。その人物は、なんと関東義誠会系の二次団体の組長だった。面識はあった。

多門は組長に事情を打ち明け、手を引いてもらった。すると、〝損切り屋〟はある右翼団体の親玉を味方につけた。

多門は、あらゆる厭《いや》がらせをされた。深夜に無言電話もかかってきた。

しかし、多門は脅迫には屈《くっ》しなかった。〝損切り屋〟と右翼の親玉を徹底的に痛めつけ、商談を打ち切るという誓約書を認《したた》めさせた。

多門は中堅私大を卒業した後、四年ほど陸上自衛隊第一空挺団に属していた。白兵《はくへい》戦の訓練をみっちり受け、射撃術も上級の腕前だった。並のならず者には負けるようなことはない。

エリート自衛官の前途《ぜんと》を自ら閉ざしてしまったのは、上官の妻との恋に溺《おぼ》れたせいである。

二人は密会を重ねるごとに、一段と燃え上がった。しかし、不倫は上官に知られることになった。上官は多門には何も言わず、妻だけを詰《なじ》った。見かねた多門は、上官を半殺しの目に遭《あ》わせた。

そのことが、失恋に繋がることになった。多門は本気で上官夫人と駆け落ちする気でいた。だが、夫人は傷ついた夫のそばから離れようとしなかった。ショックだった。当然だが、恋情は萎《しぼ》んだ。

部隊に戻れなくなった多門は、なんとなく新宿に流れついた。

浴びるように酒を飲んだ。酔った勢いで、絡《から》んできた田上組の組員たちを殴り倒した。それが縁で、皮肉にも田上組の盃《さかずき》を受けることになったのだ。

多門は中・高校時代、グレていた。やくざ社会には、それほど違和感は覚えなかった。それどころか、居心地は悪くなかった。

柔道三段の多門は武闘派やくざとして、めきめきと頭角を現わした。二年数カ月後には、舎弟頭《しやていがしら》に出世していた。上下関係の厳しさはあったが、それなりに愉《たの》しかった。しかし、組から与えられたデートガールの管理は苦痛だった。

デートガールたちはドライに割り切って、体を売っていた。田上組に稼ぎの上前をはねられることも当たり前だと考え、文句を言う者はひとりもいなかった。だが、多門は女性たちを喰《く》いものにしているという罪の意識から逃れられなかった。

そうした経緯《いきさつ》があって、足を洗ったのだ。それ以来、多門は始末屋稼業をつづけている。別に宣伝をしたわけではなかったが、クチコミで仕事の依頼は途切れることはなかった。

「多門さん、近々、築地《つきじ》の料亭でお目にかかりたいと思っているのですが、来週の水曜日あたりはいかがでしょう?」

社長が問いかけてきた。

「伊東屋さん、そこまで気を遣《つか》うことはありませんよ」

「しかし……」

「一席設けてくださるという話はありがたいのですが、ビジネスライクでいきましょう。成功報酬の三百万を指定した口座に振込んでくれれば、それで充分です」

「そういうことで、よろしいのでしょうか？」

「ええ。伊東屋さんが借金を返済し終えたら、奢《おご》ってもらいますよ」

「それでは、お言葉に甘えさせていただきます。お約束の三百万円は明日中に必ず振込みます」

「よろしく！」

多門は通話を切り上げ、スマートフォンを懐《ふところ》に戻した。文化村通りに向かって十数メートル進んだとき、路地の奥で中年男の悲鳴がした。

さきほどの若い男たちが逃げ込んだ脇道だった。五人の男がオヤジ狩りでもしているのかもしれない。

多門は踵《きびす》を返し、路地に走り入った。

やはり、思った通りだ。さっきの若い男たちが五十年配のサラリーマン風の男を取り囲み、代わる代わるに足蹴《あしげ》にしていた。

「ガキども、卑怯《ひきよう》な真似をするんじゃねえ。喧嘩するなら、一対一張《タイマン》りな」

多門は言いながら、五人に近づいた。

若い男たちの輪が崩れた。一様に狼狽《ろうばい》している。

「一一〇番してくれないか。このままじゃ、蹴り殺されてしまう。お願いします！」

路上に横たわった中年男が手の甲で鼻血を拭《ぬぐ》いながら、震えを帯びた声で多門に訴えた。

「そいつらは、おれが蹴散らしてやる」

「無理です。どいつも刃物を持ってるんだ。早く警察を呼んでください」

「じじい、うるせえんだよっ」

リーダー格の若者が逆上し、中年男の顔面を蹴り上げた。骨と肉が鈍く鳴った。

中年男は短く呻《うめ》き、転げ回りはじめた。

「てめえら、いい加減にしやがれ！」

多門は地を蹴った。

五人の男が顔を見合わせ、一斉に逃げはじめる。多門は逃げ遅れた金髪の男の背に飛び蹴りを見舞った。

リーダー格の男は前のめりに倒れ、路上に這《は》いつくばった。ほかの四人は、すでに遠ざかっていた。多門は金髪の男に駆け寄り、三十センチの靴の先を相手の脇腹に深くめり込ませた。相手が歯を剥《む》いて、長く唸《うな》った。

「大怪我したくなかったら、早く消えるんだな」

多門は言った。

相手は憎悪に燃える目を向けてきたが、何も言わなかった。のろのろと立ち上がり、仲間たちの消えた方向に走りだした。

「助けていただいて、ありがとうございます」

五十絡《がら》みの男が身を起こし、背広の埃《ほこり》をはたいた。

「なぜ、絡まれたのかな？」

「理由もなく、いきなり襲われたんですよ」

「そう。金は？」

「ただボコボコにされただけです」

「そいつは不幸中の幸いだったね。できるだけ裏通りは歩かないほうがいいよ」

「ええ、そうします。それにしても、若い奴らは何を考えてるんだっ」

「閉塞《へいそく》的な世の中だから、若い連中は大人以上にストレスを溜《た》め込んでるんだろうな」

「教育が悪いんですよ。教師はティーチングマシンに成り下がってるし、親も子供の顔色をうかがってる。スマホの普及とネットゲームもよくない」

「そうなのかもしれないな」

「名刺を貰えませんか。改めてお礼をしたいんでね」

「こっちは当然のことをしただけだ。礼なんて必要ない。それより、気をつけて帰りなよ。それじゃ！」

多門は片手を軽く挙げ、中年男に背を向けた。

男が何か言ったが、多門は振り返らなかった。路地の入口には、大勢の野次馬が群れていた。多門は顔をしかめた。

若い男女が慌《あわ》てて四散する。

多門は文化村通りを横切り、ランブリング・ストリートに足を踏み入れた。道玄坂《どうげんざか》に通じている裏通りだ。

渋谷の名所である。わずか三百メートルそこそこの裏道だが、さまざまな若者向けの店やホテルが軒《のき》を連《つら》ねている。

道玄坂の少し手前まで歩いたとき、背後で若い男の声が響いた。聞き覚えがあった。

多門は足を止め、体ごと振り向いた。

頭を金髪に染めた若い男が血相を変えて駆けてくる。逃げた五人組のリーダー格の若者だ。

男の右手には、拳銃が握られていた。トカレフだ。原産国の旧ソ連製ではなく、中国でパテント生産されたノーリンコ54だろう。

「そいつで、おれを撃《ハジ》く気か？」

多門は少しもたじろがなかった。他人《ひと》に銃口を向けられたことは数え切れない。

「ああ、殺《や》ってやる」

「キレちまったたってわけか」

「そうだよ。てめえの面《つら》をミンチにしてやらあ」

相手が喚《わめ》き、ノーリンコ54を胸の高さに構えた。

両手保持だった。撃鉄《ハンマー》はハーフコックになっていた。ノーリンコ54には、いわゆる安全装置《セーフティー・ロック》がない。撃鉄をハーフコックにすることで、暴発を防ぐわけだ。

金髪の若者が立ち止まった。
十四、五メートルは離れていた。しかも、銃口は小さく上下している。
「そんなに離れてたんじゃ、標的は撃ち抜けねえぞ」

「てめえ、ビビってるくせによ」

「もっと近づいてから、引き金《トリガー》を一気に絞れ。おれをシュートする度胸があるならな」

多門は相手をからかった。

金髪の男が手早く撃鉄を掻《か》き起こした。すぐに引き金に細い指が深く巻きつけられる。

「みんな、身を伏せるんだ！」

多門は大声で周《まわ》りの男女に叫んだ。

次の瞬間、突然、乾いた銃声が轟《とどろ》いた。銃口からは赤い火が十センチほど噴《ふ》いた。銃口炎《マズル・フラッシュ》だ。

多門は、とっさに身を屈《かが》めた。放たれた七・六二ミリ弾は、風切り音とともに左耳の近くを疾駆《しっく》していった。衝撃波で数秒、多門は聴覚を失った。耳鳴りもする。

銃弾は、後方のエスニックレストランの袖《そで》看板を砕《くだ》いた。複数の悲鳴が重なった。

「おめ、このおれさ、怒らせてえのけっ」

多門は立ち上がって、故郷の岩手弁で怒鳴った。

興奮すると、いつも方言が無意識に口から飛び出す。喧嘩のときだけではなかった。情事のときも同じだった。

「なんでえ、田舎者《カッペ》だったのか」

相手が嘲笑《ちょうしょう》した。

「田舎《いなか》育ちのど、どごが悪いんだっ。言ってみれ！」

「どこの出身なんだよ？」

「岩手だ。それがなじょしたっ。なんか文句あんのけ！」

多門は手負いの羆《ひぐま》のように両腕を高く掲《かか》げ、相手に向かって突進しはじめた。相手は気《け》圧《お》されたらしく、棒立ちになった。

「早ぐ引き金さ、絞れ！」

「こっちに来るな。止まれよっ」

「もう我慢なんねど」

多門は両手を下げ、猛然と走りだした。

髪の毛をブロンドに染めた若い男は恐怖に顔を歪《ゆが》め、急に背を見せた。そのまま何か口走りながら、ランブリング・ストリートを逆戻りしはじめた。

多門は怒声を張り上げながら、全速力で追った。

距離が縮まる。金髪男は拳銃を手にしたまま、懸命に逃げている。

多門は執拗に追跡した。相手は未成年だろうが、少し懲《こ》らしめる気になっていた。

金髪の男が文化村通りに飛び出した。

数秒後、鈍い衝突音が聞こえた。黒っぽいワンボックスカーに撥《は》ねられた男の体が高く宙を舞い、ゆっくりと車道に落下した。車の急ブレーキ音が幾重《いくえ》にも重なる。

車道のほぼ中央に横たわった金髪の若い男は、マネキン人形のように動かない。

首の骨を折ったのかもしれない。運の悪い男だ。

多門はうそぶいて、東急百貨店本店のある方向に大股で歩きはじめた。

騒ぎに巻き込まれるのは、ご免だ。多門は大きく迂回《うかい》して、道玄坂の馴染《なじ》みの酒場に潜《もぐ》り込む気になっていた。

2

客の姿はない。

ママの留美《るみ》が所在なげに紫煙をくゆらせていた。百軒店《ひやっけんだな》にあるカウンターだ。

「今夜も閑古鳥《かんこどり》が鳴いてるな」

多門は憎まれ口をきいて、中央の止まり木に腰かけた。

「クマちゃん、久しぶりね」

「何を言ってるんだい。先週の月曜日、ここで仕上げの酒を飲んだじゃないか」

「あら、そうだったっけ？」

「物忘れがひどくなったな。認知症のはじまりかもしれないぜ」

「こら、お水を引っかけるわよ」

ママが睨《にら》む真似をして、短くなったセーラムライトの火を揉《も》み消した。名前は若々しいが、もう六十代に入っている。正確な年齢は教えてもらっていなかった。三十代の後半まで、新劇の女優だったという話だ。

横顔はシャンソン歌手だった亡きジュリエット・グレコに似ている。それを意識しているからか、いつも黒い服を着ていた。きょうも黒色のシャツブラウスだ。

多門はロングピースをくわえた。

火を点《つ》けたとき、小鉢がカウンターに置かれた。突き出しは鰯《いわし》のマリネだった。

「ママ、切り干し大根喰いてえな」

「きょうは、こしらえなかったのよ。常連さんたちも夏の休暇を取ってるから、無駄になると思ったの」

「もう少し商売に熱を入れないと、この店、そのうち潰《つぶ》れるかもしれないぜ。おれがいつも言ってるように、若い娘《こ》をひとり雇《やと》いなよ。チャーミングなホステスがいりゃ、自然に客は集まってくるって」

「いいのよ、このままで。わたしは独り身《シングル》だから、食べられればいいの。この年齢《とし》で、あくせくしたくないわ」

「ママらしいや」

「いつものバーボン・ロックね？」

ママが確かめた。

多門は無言でうなずいた。ママが上体を捻《ひね》って、酒棚《さかだな》からブッカーズを摑み上げた。多門のキープボトルだ。少し値の張るバーボン・ウイスキーである。

「クマちゃん、商売の景気はどう？」

「コロナ禍だから、あまりよくないな」

「でしょうね。でも、腐っちゃ駄目よ。どんな商売だって、波があるんだから」

ママが言い諭《さと》した。

多門は黙って聞いていた。留美ママには、宝石の訪問販売をしていると言ってあった。

バーボン・ロックが目の前に置かれた。多門はすぐにグラスを口に運んだ。半分ほど喉《のど》に流し込んだとき、車に撥ねられた金髪の男のことが頭に浮かんだ。

おそらくもう死んでしまっただろう。それにしても、いまの若い者は荒れている。

多門は長くなった灰を太い指ではたき落とした。

「クマちゃん、珍しいわね」

「えっ、何が？」

「考えごとをしてたんでしょ。何か思い悩んでるの？」

「気ままに生きてるおれに悩みなんかないよ。最近の若い連中がなんか凶暴化してるなって、ぼんやりと考えてたんだ」

「そうなの。確かに近頃、凶悪な少年犯罪が目立って多くなったわね。半グレたちは暴れまくってる」

「だね」

「だいぶ昔に神戸《こうべ》で起きた児童殺傷事件の加害者の中学生の残忍さに驚かされたけど、その後も信じられないような少年犯罪が続発したんだったわね。栃木の中学校では男子生徒が女性教師をナイフで刺し殺しちゃったし、埼玉では中一の坊やが同じ学年の男の子を刺し殺しちゃった」

「江東区《こうとう》で交番を襲った中学生もいたな。ピストル欲しさにさ」

「そんな事件もあったわね。十七歳の少年が登校途中の高二の女の子を殺害するという事件があった。その後も、児童殺害事件、老女殺し、バスジャック事件と少年による凶悪犯罪が相次いだわよね。名古屋《なごや》の中三の男の子は非行グループから五千四百万円も恐喝されてた」

ママが言って、ビールの栓を抜いた。多門は煙草の火を消した。

「昔から少年犯罪や弱い者いじめはあったけど、最近の事件はちょっと異常よね。わたしたちの年代には、とても理解できないわ。クマちゃんはどう？」

「若い奴らがキレやすくなったことは、なんとなくわかるよ。けど、優等生が急に衝動殺人に走る心理的なメカニズムまではわからないな。いろんな抑圧《よくあつ》があって、メンタルは窒息《ちっそく》状態にあったんだろうね」

「乱暴な言い方をしちゃうと、異常な若者たちを生んだのは大人たちなんじゃないのかしら」

「大人たち？」

「うん、そう。世の中と言い換えてもいいけどね。世の中の価値観って、とっても一元的《いちげんてき》よね。名門大学を卒業して、超一流企業に入ったり、社会的地位の高い職業に就《つ》いた人たちを勝ち組と見てるじゃない？」

「そういう風潮はあるな」

「だけど、そういうエリートコースを歩めるのは、ごくひと握りの人間よね。なのに、学校の先生も親も子供たちの能力や個性を無視して、ひたすら同じ道をめざさせようとする傾向があるでしょ？　でも、学校の勉強が嫌いな子にとっては一種の拷問《ごうもん》よね」

「そうだな。勉強のできない奴とかスポーツの苦手な子は、学校に自分の居場所がなくなっちまうし、自分の存在も認めてもらえない。そうなったら、誰だって学校に背を向けたくなるよな」

多門は言って、グラスを空《あ》けた。ママが手早くバーボン・ロックをこしらえ、自分のグラスにもビールを注《つ》いだ。

「不登校の生徒がいっこうに減らないのは、教室の居心地が悪いからだろう」

「わたしも、そう思うわ。クラスのみんなは無理して危《あぶ》なげのない生き方をしてるから、どうしてもストレスが溜《た》まっちゃう。だから、SNSなどで陰湿な集団いじめなんかするようになるのよ」

「そうなんだろうな。いい学校に運よく入れても、その先はどうなるかわからない。デフレ不況が長引いたんで、一流企業が幾つも倒産しちまったからな」

「そうね。政府は今度こそ景気も底を打ったなんて言ってるけど、コロナのせいで経済が確実に上向く見通しはない。大人たちが脱力感に襲われて元気がないんじゃ、子供たちも明るくなれないわよ」

「そうだよな」

「将来に夢を持てなければ、どうしたって生き方は刹那《せつな》的になっちゃう。それから、自己中心的な考え方にもなるわよね」

「ママの話は正論だろうが、ガキどもにも問題はある。親や教師がどう言おうと、それぞれが自分の好きなように生きればいいんだよ。てめえの人生なんだからさ」

「クマちゃんが言ったように、子供たちが大人の顔色をうかがいながら生きてることは確かね。きっと個性的な生き方をするのが怖いのよ」

「怖い？」

多門は問い返した。

「ええ、そう。みんなと違う考えを持ったりすると、警戒されたり、時には疎《うと》まれたりするじゃない？」

「他人《ひと》の目なんか気にすることねえんだ。たった一度の人生なんだから、好きなように生きるべきだよ」

「ほとんどの人たちが心のどこかで、そうしたいと願ってるの。だけど、定められたレールから外れるには、それなりの勇気と覚悟が必要になるんじゃないのかな。現にわたしもどこにも就職しないで劇団の研究生になったときは、将来が不安だったもの。個性的に生きるには、ある種の度胸がいるわ。決まりきったコースを進むなら、人生設計も描けるだろうけど、自分で道を切り拓《ひら》く場合はまるで展望がないわけでしょ？」

ママが長々と喋《しゃべ》った。

「そうだね。待ち受けてるのは、挫折感だけかもしれねえからな」

「そうなのよ。だから、多くの若者たちは大人たちのアドバイスに従って、危なげのないコースを選ぶ。でも、先行き不透明なんで一流企業だって、明日はどうなるかわからない。秀才とか何かの才能に恵まれた子たちはともかく、平凡な少年少女は誰も漠《ばく》とした不安を抱え込んでるんじゃないのかな。それだから、みんな、捌《は》け口を求めてるのよ。ストレスを上手に解消できない子たちが暴走して、とんでもない事件を引き起こしてるんじゃない？」

「そうなのかな」

多門は二杯目のバーボン・ロックを傾けた。

「刑罰の対象年齢を十四歳まで引き下げろって声が高まって、かなり前に政府が少年法を改正したでしょ？」

「そうだったな」

「刑事罰の対象年齢を以前の〝十六歳以上〟を〝十四歳以上〟にしたところで、問題の本質は変わらないはずだわ。改正案が通ったんで、いっとき少年による粗暴犯の件数が少なくなっただけで、また元の状態に戻っちゃうと思うの」

「だろうね。若い連中が袋小路でもがき苦しんでる状況が変わらない限り、似たような凶悪犯罪は繰り返し起こるな。心身に障害のある親の面倒を見てる中・高校生や大学生などヤングケアラーたちは、孤独と絶望に圧《お》し潰されそうなんじゃないか」

「と思うわよ。クマちゃんとこんな真面目な話をしたのは初めてね」

「そういえば、そうだな。いっつも馬鹿話しかしないからな」

「たまには、こういう話も悪くないわね。クマちゃん、次は環境ホルモンの話をする？」

「性ホルモンの話なら、つき合うよ」

「クマちゃんも好きねえ」

ママが眉間《みけん》に笑い皺《じわ》を刻んだ。

そのとき、店に年配の男が入ってきた。常連客の建具屋だった。馬場《ばば》繁造《しげぞう》という名で、店と自宅は池尻《いけじり》にある。

「繁さん、景気はどう？」

多門は目礼し、建具屋に訊《き》いた。

「さっぱりだね。ただでさえ注文が減る一方だったのに、コロナ禍が加わったから、ダブルパンチだよ。そっちはどうなの？」

「こっちも冴《さ》えないよ」

「困ったもんだな」

繁造が出入口に近いスツールに腰かけた。ママが突き出しをカウンターに置き、ビールの栓を抜く。繁造はビール党だった。

多門は煙草に火を点けた。半分ほど喫《す》ったとき、懐でスマートフォンが打ち震えた。

スマートフォンを耳に当てると、結城真奈美《ゆうきまなみ》の声が流れてきた。親しい女友達のひとりだった。

真奈美は二十六歳のセクシーな美女である。フリーのネイルアーティストだ。店は構えていない。電話一本で、デリバリーサービスをしている。そこそこ稼いでいるようだ。

「ちょうど真奈美ちゃんに電話しようと思ってたんだ」

多門は、いつもの調子で言った。

「どの女性にも同じことを言ってるんでしょ？」

「真奈美ちゃん、悲しいことを言わねえでくれよ。おれは真奈美ちゃんがいるから、生きてられるんだ。そっちがいなかったら、とうに自殺してただろう」

「調子がいいんだから」

「なんだか声が沈んでるな。何かあったのか？」

「わかっちゃうのね」

「そりゃ、わかるさ。おれは、真奈美ちゃんに首ったけだからな。商売、うまくいってないのか？　だったら、おれが金を回してやるよ」

「そうじゃないの。従兄《いとこ》の結城雅志《まさし》のことで、ちょっと……」

「その従兄は週刊誌記者だったよな？」

「ええ、そう。宝文社《ほうぶんしゃ》の『週刊エッジ』の特約記者なの」

「その彼がどうかしたの？」

「従兄は昨夜《ゆうべ》、誰かにゴルフクラブで全身を殴打されて、意識不明の重体なのよ」

真奈美の語尾が涙でくぐもった。

「誰がそんなひでえことをしやがったんだ」

「わたし、ひとりっ子だったから、従兄の雅志を兄みたいに思ってきたの。だから、すごくショックでね」

「それはそうだろうな。で、警察は犯人を捕《つか》まえたのか？」

「ううん、まだよ。運悪く目撃者もいなかったとかで、犯人の手がかりもないらしいの」

「最近の警察はぶったるんでるから、下手したら、迷宮《おみや》入りになっちまうかもしれねえな」

「わたしも、それを心配してるの。クマさん、確か元刑事の調査員を知ってるって言ってたわよね？」

「杉《すぎ》さんのことだな」

多門は言った。旧知の杉浦将太《すぎうらしようた》は、かつて新宿署の刑事だった。暴力団との癒着《ゆちやく》が署内で問題にされ、職場を追われてしまったのである。

現職時代の杉浦は、間違いなく悪徳刑事だった。暴力団や風俗営業店などに家宅捜索に関する情報を流し、その見返りとして多額の謝礼を受け取っていた。

金だけではなく、高級スーツや貴金属もたかっていたようだ。ベッドパートナーの世話もさせていたらしい。

新宿のやくざたちは杉浦を忌《い》み嫌っていた。

田上組の組員だったころの多門も、そのひとりだった。嫌悪どころか、殺意さえ持っていた。しかし、杉浦の隠された一面を知ってからは見方が一変した。

杉浦は欲深な小悪党ではなかった。交通事故で遷延《せんえん》性意識障害、つまり寝たきり状態になってしまった愛妻の意識を蘇《よみがえ》らせたい一心で、敢《あ》えて悪徳警官に成り下がったのだ。汚れた金は、そっくり高額の入院費に充《あ》てられていた。そのことを知ったとき、多門はある種の感動を覚えた。噂《うわさ》だけを信じて杉浦を憎んでしまった自分を恥じもした。

多門は杉浦に積極的に近づき、酒を酌《く》み交わすようになった。素顔の杉浦は、決して喰えない男ではなかった。弱者に注ぐ眼差《まなざ》しは温かく、侠気《おとこぎ》もあった。ただ、口は悪い。

杉浦は現在、ある法律事務所の調査員を務《つと》めている。といっても、身分は嘱託《しょくたく》だった。報酬は出来高払いらしい。そんなことから、多門はちょくちょく杉浦に調査の仕事を回していた。四十五歳の杉浦は、頼りになる相棒でもあった。

「その元刑事さんに、わたしの従兄を襲った犯人を突きとめてもらえないかな?」

「杉さんは、いま忙しいみたいなんだ。おれでよけりゃ、調べてやるよ」

「ほんとに!?」

「ああ。調査のプロじゃないが、真奈美ちゃんの従兄の取材先や交友関係を丹念に調べ上げりゃ、きっと容疑者が浮かんでくるにちがいない」

「クマさん、ぜひ調べて。警察はなんだか頼りない感じで、じっとしていられない気持ちなの」

「わかった。引き受けるよ。従兄の写真、持ってる?」

「わたしのアルバムに、スナップ写真が何枚か貼ってあるわ」

真奈美が言った。

「三宿《みしゅく》の自宅マンションにいるのかな?」

「ええ、そうよ」

「いま、渋谷にいるんだ。これから、すぐ真奈美ちゃんのマンションに向かうよ」

「待ってるわ。わたし、昼間、従兄の記者仲間に会って、少しだけ情報を集めたの。クマさんが部屋に来たら、聞いた話を伝えるわ」

「オーケー、わかった」

多門は電話を切り、腰を浮かせた。すると、ママが口を開いた。

「クラブのホステスさんから誘いの電話があったみたいね。鼻の下を伸ばすのもいいけど、悪い女に引っかからないようにしなさいよ」

「ママ、この世に悪い女なんかひとりもいないんだ」

「何を言ってるの。女狐《めぎつね》があちこちにいるでしょうが！」

「悪女に見えても、心根《こころね》までは腐っちゃいないはずだ。女性は、すべて観音さまさ。周りにいる野郎どもが女たちを騙《だま》したり、利用してるんだよ」

「クマちゃん、本気でそう思ってるの？」

「もちろん！」

「まあ、呆《あき》れた。そんなふうに無防備に女とつき合ってたら、いまに大火傷《おおやけど》するわよ」

「さんざん苦《にが》い思いをさせられたけど、どの女も恨《うら》む気にゃなれないね。おれにとっては、全女性が恋人みたいなもんだからな」

「まるで初心《うぶ》な坊やね」

「なんとでも言ってよ。きょうの分、付けといてくれないか」

多門はママに言って、そそくさと店を出た。

マイカーのボルボＸＣ40は宇田川《うだがわ》町の有料立体駐車場に置いてある。車体はメタリックブラウンだった。飲酒運転をすることになるが、まったく気にしなかった。法やモラルを破ることは、なんとなく愉《たの》しい。

多門は道玄坂を急ぎ足で下《くだ》りはじめた。

3

エレベーターが停まった。

六階だった。『三宿コーポラス』である。真奈美の自宅マンションだ。

多門は函《ケージ》から出て、六〇五号室に足を向けた。部屋のインターフォンを鳴らすと、すぐに真奈美の声で応答があった。

「クマさん？」

「そう」

「玄関ドアのロックは、もう外してあるの。そのまま入ってきて」

「わかった。お邪魔するぜ」

多門は青いスチールのドアを開け、玄関に入った。靴を脱いでいると、奥から真奈美が現われた。

黒のプリントTシャツに、下は白のショートパンツだ。むっちりとした太腿が悩ましい。

「真奈美ちゃん、まずいな」

「えっ、なんのこと？」

「おれがここに来ることになってたからって、予《あらかじ》めドアのロックを解《と》くのは危険だよ。誰かに押し入られるかもしれないじゃないか」

「言われてみれば、確かに不用心だったわね。これからは気をつけるわ」

「そうしたほうがいいな」

多門は玄関ホールに上がった。間取りは1LDKだ。

「クマさん、夕食は？」

「適当に済ませたよ」

「それじゃ、ビールか何か用意するわね」

真奈美が言いながら、奥に向かった。

多門は居間のソファに腰かけた。リビングに接した寝室のドアは開け放たれていた。ダブルベッドが見える。およそ一年前に多門が買い与えたベッドだった。それまで真奈美はシングルベッドを使っていた。

「気を遣《つか》わないでくれ。それよりも、従兄のことを早く聞かせてくれねえか」

多門はダイニングキッチンにいる真奈美に言った。

「スーパーで買った枝豆とミックスナッツを出すだけ。チーズも切ろうか？」

「いや、切らなくてもいいよ」

「それじゃ、いますぐに行くわ」

真奈美が洒落《しゃれ》た洋盆《トレイ》を捧げ持ち、摺《す》り足でやってきた。

多門はロングピースをくわえた。ヘビースモーカーだった。日に五、六十本は喫っている。

真奈美がトレイをコーヒーテーブルの上に置き、卓上に缶ビールやつまみを並べた。それから彼女は、多門の正面に腰かけた。

「結城雅志氏が襲われたときのことから、できるだけ詳しく話してくれないか」

多門は促《うなが》した。

「わかったわ。わたし、甲府《こうふ》の義理の伯母《おば》からの電話で事件を知ったの」

「義理の伯母っていうのは、従兄のおふくろさんのことだな？」

「ええ、そう。杉並《すぎなみ》署の人が従兄の持ってたスマホの住所録で山梨の実家を知って、すぐに連絡したらしいの。それで、義理の伯母はわたしに従兄が担《かつ》ぎ込まれた救急病院に先に行ってくれないかって電話をしてきたのよ」

「なるほど。病院はどこなんだい？」

「阿佐谷《あさがや》総合病院よ。義理の伯母から電話があったのは、きのうの午後八時過ぎだったわ。

わたし、すぐに車で病院に行ったんだけど、もう従兄の意識はなくて、何も話を聞くことはできなかったの」

真奈美は伏し目になった。

「病院に警察の人間は？」

「杉並署の刑事さんが二人いたわ。刑事さんの話によると、従兄が暴漢に襲われたのは杉並区役所の裏通りなんだって」

「犯行時刻は？」

「午後七時過ぎだろうって。そのころ、犯行現場のそばの家に住む主婦が男の悲鳴を聞いたらしいの。それで、その方は大学生の息子さんと一緒に恐る恐る家の外に出てみたそうなのよ」

「そうしたら、路上に真奈美ちゃんの従兄が倒れてたんだ？」

「そう。従兄のそばには、血糊《ちのり》の付着したアイアンクラブが転がってたんですって。だけど、犯人らしき姿はどこにも見当たらなかったというの」

「凶器から指紋も掌紋《しょうもん》も検出されなかったのかな？」

多門は缶ビールを傾けた。ほどよく冷えていた。

「今朝《けさ》早く警察から義理の伯母に報告があったらしいんだけど、凶器のアイアンクラブからは指紋も掌紋も検出されなかったそうよ。それから、現場に犯人のものと思われる遺留品は何も落ちてなかったようなの」

「そうか。真奈美ちゃんの従兄は独身だったよな？」

「ええ。もう三十三だからって、義理の伯母はやきもきしてたけど、当の本人は仕事が面白いみたいで、当分は結婚する気はないと言ってたの」

「それでも、特定の彼女はいるんだろう？」

「そのあたりのことはわからないの。大学時代から交際してた恋人がいたことはいたんだけど、その彼女は数年前に別の男性と結婚しちゃったのよ」

「ふうん」

「従兄は、その彼女を大切にしてたから、ショックだったんじゃないかな。そんなことがあったから、恋人と呼べるような女性はいなかったと思うわ」

真奈美がそう言い、自分の缶ビールに手を伸ばした。

「きみの従兄は、事件現場の近くに住んでたの？」

「ううん。従兄が借りてるマンションは西永福《にしえいふく》にあるの。同じ杉並区内だけど、だいぶ離れてるわよね」

「そうだな。帰宅途中に襲撃されたんじゃないだろう」

「多分、取材の帰りか何かだったんでしょうね」

「真奈美ちゃん、従兄の記者仲間に会ったとか言ってたな」

「ええ、石戸《いしど》透《とおる》という特約記者に会ってきたの」

「その特約記者って身分がよくわからねえんだ。『週刊エッジ』の正規の編集者や記者じゃないわけだろう？」

「ええ、そうらしいの。わたしの従兄や石戸さんは一種の契約記者で、宝文社から企画料や原稿料を貰ってるんだって。基本的にはフリーランスのライターだから、他社の仕事をしても別に問題はないそうなの。でも、従兄はもっぱら『週刊エッジ』の特集記事を書いてるという話だったわ」

「そう。結城雅志氏は最近、どんな取材をしてたんだろう？」

「石戸さんの話だと、従兄は半月ほど前まで日本に拠点を置きはじめてるロシアン・マフィアのことを取材してたというの」

「ロシアン・マフィアか」

多門は唸《うな》って、枝豆を抓《つま》み上げた。

「従兄は外国人マフィアの周辺を嗅《か》ぎ回ったため、襲われることになったのかな？」

「その疑いは薄いんじゃないか」

「どうして？」

「ゴルフクラブでぶっ叩くという犯行手口が中途半端な気がするんだ。ロシアン・マフィアの仕業《しわざ》なら、まず拳銃を使うだろう。ロシア製の消音型ピストルか何かで、狙った相手の頭を撃ち抜くんじゃないか。凶器がゴルフクラブとなると、日本人の犯行臭いな」

「ああ、なるほどね」

「ほかに真奈美ちゃんの従兄は、どんな取材をしてたんだい？」

「これも石戸さんから聞いた話なんだけど、従兄は四、五日前から悪質な別れさせ屋のことを調べてたらしいの」

「別れさせ屋というと、依頼人の恋人や連れ合いの浮気相手に接近して、仲を引き裂いてる奴らだな。そういう特殊なビジネスが繁盛してるって記事をスポーツ新聞で読んだことがあるよ」

「そうなの。わたしは石戸さんに説明されるまで、別れさせ屋のことはまったく知らなかったわ」

「だろうな」

「従兄が追ってた元ホストの別れさせ屋は浮気相手の女性を寝盗《と》るだけじゃなく、依頼人夫婦からも多額のお金を脅《おど》し取ってたんだって」

真奈美が軽蔑《けいべつ》するように言った。

「汚《きたね》え野郎だな。そこまで悪どいことをやってたんなら、おそらく寝盗った女性たちからもまとまった銭《ぜに》をせしめてたんだろう」

「ええ、考えられそうね」

「その別れさせ屋の名前、わかるか？」

「わかるわよ。石戸さんが『週刊エッジ』のデスクに電話をして、従兄の企画書をメールしてもらったから」

「そうか」

「そいつの名前や住所、手帳に書き留《と》めておいたの。いま、持ってくるわね」

「ああ、頼む」

多門は煙草に火を点けた。

真奈美がソファから立ち上がり、寝室に消えた。待つほどもなく、彼女は戻ってきた。手帳のほかにアルバムを手にしていた。

多門は煙草の火を揉み消した。

「別れさせ屋は布施潤《ふせじゅん》という名前で、自宅マンションは渋谷区幡ヶ谷《はたがや》三丁目にあるみたいね」

真奈美が白い手帳の一頁《ページ》を引き千切《ちぎ》り、多門に差し出した。

多門は紙片を受け取った。正確な所番地がメモされていた。紙切れを二つ折りにして、白い麻の上着の内ポケットに収める。

「これが従兄なの」

真奈美がアルバムを卓上で開き、スナップ写真を指さした。

結城雅志はマスクが整っている。知性の輝きもあった。従妹の真奈美とは、あまり似ていない。

「親父さん同士が兄弟なんだね？」

「そうなの。わたしたち、似てないでしょ。わたしは父親似だけど、従兄は伯母にそっくりだから」

「けど、美男美女だよ。従兄の写真を一枚、貸してほしいんだ。調査のとき、役に立つからさ」

「いいわよ」

真奈美がアルバムから一葉のスナップ写真を引き剝《は》がした。多門は、その写真を上着の内ポケットに滑り込ませた。

そのとき、サイドテーブルの上で真奈美のスマートフォンが軽やかな着信音を奏《かな》ではじめた。部屋の主が多門に断って、スマートフォンを摑み上げる。

多門は缶ビールを手にして、静かに立ち上がった。ベランダ側のサッシ戸に歩み寄り、白いレースのカーテンとドレープカーテンを十センチほど横に払う。

夜景が美しい。数分で、真奈美は通話を切り上げた。

多門は二枚のカーテンでガラス戸を塞《ふさ》ぎ、ゆっくりと振り返った。

「仕事のお客さんじゃなかったみたいだな」

「伯母からの電話だったの。従兄の脳挫傷《のうざしょう》がひどいらしくて、一両日が峠だろうってドクターに言われたんだって」

「従兄は、まだ三十三なんだ。死にゃしないさ」

「そうだといいけど……」

「大丈夫だよ」

「なんだか落ち着かないわ。クマさんには告白しちゃうけど、雅志さんは初恋の相手だったの。小五のころの話だけどね。中学生になったら、彼は元の〝お兄ちゃん〟になっちゃったけど」

「おれもガキの時分、遠縁のお姉さんに憧《あこが》れたことがあるよ。彼女が好きな男と駆け落ちしたって話を聞いたとたん、熱が冷めちまったけどな」

「そう」

「真奈美ちゃん、今夜は早目に寝ろよ。そのほうがいい」

「クマさん、帰っちゃうの!?」

「ずっと真奈美ちゃんのそばにいてやりたいが、おれの息子は不良だからなあ。多分夜中に悪さしたくなると思うだろう」

「わたしは、ちっともかまわないわ。ううん、悪さして。従兄のことは気がかりだけど、久しぶりにクマさんの逞《たくま》しい腕の中で眠りたいの」

真奈美が熱い眼差《まなざ》しを向けてきた。

「無理することはないって。真奈美ちゃんが望むんだったら、朝まで父親みたいに抱き締めてやろう」

「そんなのは厭《いや》よ。いつものようにワイルドに抱いてほしいの」

「わかったよ。それじゃ、ざっとシャワーを浴びてくる」

多門は缶ビールを飲み干し、浴室に向かった。

脱衣室兼洗面所で手早く衣服を脱ぎ、頭から熱めのシャワーを浴びた。ボディーソープ液を泡立て、全身に塗りたくる。ちょうど塗り終えたとき、全裸の真奈美が浴室に入ってきた。

熟《う》れた裸身は、神々《こうごう》しいまでに白い。均斉がとれている。

たわわに実った乳房は、トロピカルフルーツのようだ。薄紅色《うすべに》の乳首は愛らしい。ウエストのくびれは深く、腰は豊かに張っている。飾り毛は逆三角形に繁っていた。絹糸のように柔らかそうだ。

多門は両腕で真奈美を抱き寄せた。二つの乳房が鳩尾《みぞおち》のあたりで平たく潰《つぶ》れた。風船のような感触だった。多門は両足をいっぱいに開き、背をこごめた。真奈美の顎《あご》を上向かせ、軽く唇をついばみはじめた。真奈美もついばみ返してきた。

二人はひとしきりバードキスを交わしてから、舌を深く絡《から》め合った。

真奈美が断続的に喉の奥で甘やかに呻《うめ》いた。なまめかしかった。

多門は敏感な突起を抓んで、小さく揺さぶった。そのとたん、真奈美が身を揉んだ。内腿には、漣《さざなみ》のような震えが走った。

多門は、わずかに綻《ほころ》んでいる合わせ目を下から捌《さば》いた。

指先が熱い潤《うる》みに塗《まみ》れた。多門は指で掬《すく》い取った愛液を肉の芽にまぶし、本格的に愛《め》ではじめた。真奈美が顔を離し、喘《あえ》ぎ声を洩《も》らした。喘ぎは、ほどなく淫《みだ》らな呻きに変わった。

多門は真奈美と戯《たわむ》れてから、先にシャワールームを出た。

バスタオルで体をざっと拭《ふ》く。多門は生まれたままの姿で寝室に移り、ベッドに仰向《あおむ》けになった。

エアコンディショナーが作動していた。ナイトスタンドも灯《とも》っている。シャワーを浴びている間に、真奈美がムード造りをしたにちがいない。

五、六分待つと、部屋の主が寝室にやってきた。純白のバスローブを羽織《はお》っていた。

多門はベッドの際《きわ》に立った。

真奈美が近づいてくる。二人は抱き合い、改めて唇を重ねた。

長いくちづけが終わると、多門はバスローブのベルトをほどいた。肩からローブが滑り落ちた。

多門は真奈美を先にベッドに横たわらせ、優しく胸を重ねた。

真奈美が多門の肩や背中を撫《な》ではじめた。情感の籠《こ》った手つきだった。

多門は唇をさまよわせはじめた。項《うなじ》や鎖骨《さこつ》のくぼみに唇と舌を当て、耳朶《みみたぶ》を甘咬《が》みする。尖《とが》らせた舌の先で耳の奥をくすぐると、真奈美は魚のように裸身をくねらせた。

多門は徐々に体を下げ、二つの乳首を交互に吸いつけた。そうしながら、マシュマロのような恥丘に指を進めた。

和毛《にこげ》は湯の湿りをわずかに残していた。多門は繁みを五指で梳《す》き、火照《ほて》った内腿をフェザータッチで撫でつづけた。はざまの肉には、わざと触れなかった。

焦《じ》らしのテクニックだった。真奈美がもどかしげに幾度も腰を浮かせた。

多門はさんざん焦らしてから、ようやく真奈美の秘部に顔を寄せた。赤い輝きを放つ部分は妖《あや》しく息づいていた。

多門は感じやすい突起を吸いつけた。舌の先で弾き、圧《お》し転がした。真奈美の息遣いが荒くなった。多門は舌を閃《ひらめ》かせつづけた。

4

眠りを突き破られた。

インターフォンは鳴り熄《や》まない。

多門は無視して、寝返りを打った。弾みで、キングサイズのベッドが軋《きし》んだ。

代官山にある自宅マンションだ。1DKだが、家賃は管理費や駐車場賃料を含めて月額二十三万円だった。

眠くてたまらない。真奈美のマンションから自分の塒《ねぐら》に戻ったのは、午前八時過ぎだった。多門はそれまで真奈美と二度交わり、疲れ果てていた。

インターフォンは執拗《しつよう》に鳴りつづけた。

次第に眠気が殺《そ》がれていく。多門は舌打ちして、タオルケットを撥《は》ねのけた。

「くそっ。しつこい客だ。車のセールスマンだったら、急所を蹴り上げてやる」

多門は上体を起こし、ナイトテーブルの上の腕時計に目をやった。ピアジェの針は午前十一時二十六分を指している。

多門はベッドから離れた。

インターフォンの受話器は取らずに、玄関ホールに向かった。ドアスコープを覗《のぞ》く。

来訪者はチコだった。元暴走族のニューハーフである。

チコは、新宿区役所の裏手にあるニューハーフクラブ『孔雀《くじゃく》』のナンバーワンだ。二十六歳だったが、すでに性転換手術を受けている。外見は、女そのものだ。

多門は溜息《ためいき》をついて、玄関ドアを開けた。

「おはよう、ダーリン！」

チコがことさら身をくねらせて、部屋の中に入ってきた。香水がきつい。白のミニワンピースを着ていた。

「何がダーリンだ。この野郎、殺すぞ」

「待ってよ、クマさん。あたしはもう野郎じゃなく、れっきとしたレディーよ」

「レディーだと？　ふざけるな」

「ううん、クマさんはあたしのことを完璧な〝女〟と見てるはずよ」

「例のことを口にするんじゃねえ」

多門は拳《こぶし》を固め、チコの横っ面を殴る真似をした。

「ごまかそうとしたって、駄目よ。もっと素直になりなさい」

チコが茶化すように言った。

多門は一瞬、言葉に詰まってしまった。いつだったか、チコに跨《また》がられたことがあった。

そのとき、不覚にも精を放ってしまったことは紛《まぎ》れもない事実だ。

それほどチコの人工女性器は精巧にできていた。飾りとして形成された陰核《クリトリス》の形状こそ幾らか不自然だったが、二枚の花弁は本物そっくりだった。執刀した某大学病院の外科部長はなかなかの腕だ。名人芸と呼んでもいいのではないか。

「例の射精の件は絶対に口外しないわよ。だから、安心して。その代わりってわけじゃないけど、あたしがクマさんを特別な異性として意識してることはわかってほしいの」

「チコ、正しい日本語を使いな。異性じゃねえだろうが！　おめえは、れっきとした野郎なんだから」

「確かに、戸籍上はいまもあたしは男の子よ。でもね、もう心も体もレディーなの。大好きなクマさんのことを考えただけで、デリケートゾーンが濡れちゃうのよ」

「人工ヴァギナが濡れるってんなら、おれは口から小便してみせてやらあ」

「濡れたような感じになるのよ。恥ずかしい場所が火照《ほて》って、疼《うず》く感じなの」

チコがそう言って、顔を赤らめた。

「とにかく、例のことで、茶化すんじゃねえっ。チコ、いいな！」

「ええ、わかったわ。なんだかクマさん、きょうは機嫌が悪いわね」

「そんなことより、なんでこんな早い時間におれの部屋に来たんだ？」

多門は訊《き》いた。

「もう間もなく正午になるんだから、そう早い時刻じゃないはずよ」

「へらず口はいいから、何しに来たのか早く言いな」

「クマさん、ドライブしない？　あたし、急に海が見たくなっちゃったの。といっても、人が大勢いる海水浴場なんか行きたくないわ。誰もいない海がいいわね。好きな男性《ひと》と並んで坐って、ぼんやりと水平線の彼方《かなた》を眺めるの。ね、最高でしょ？」

「つき合えねえな」

「何か仕事の予定が入ってるの？」

「まあな。おれの知り合いの娘《こ》の従兄が一昨日《おととい》の晩、杉並区役所の裏手で何者かにゴルフクラブでぶっ叩かれたんだ」

「その彼、死んじゃったの？」

「まだ死んじゃいないが、どうやら危ねえらしいんだ」

「そうなの。お気の毒ね。それで、クマさんは犯人捜しを引き受けたわけ？」

「ああ、そういうことだ。海を見たけりゃ、チコ、川崎《かわさき》の実家に顔を出せや。すぐ近くに運河があるって言ってたじゃねえか」

「コンビナートのそばの汚れた海なんか見たくないわ。いいわ、お店の仲間を誘ってみるから。それじゃ、またね！」

チコが手をひらひらさせ、部屋から出ていった。

多門は洗面所で顔を洗い、近くのそば屋にカツ丼と天丼の出前を頼んだ。ダイニングテーブルに向かい、ネットニュースにざっと目を通す。

一服していると、出前持ちがやってきた。多門は先にカツ丼を掻き込み、天丼もきれいに平らげた。子供のころから、かなり大喰らいだった。それだから、人が振り返るような大男になったのかもしれない。

多門は身仕度をして、午後一時過ぎに部屋を出た。ボルボに乗り込み、別れさせ屋の布施潤の自宅マンションに向かう。

車を数百メートル走らせると、スマートフォンが鳴った。

多門は片手運転をしながら、スマートフォンをスピーカーフォンにした。

「クマ、おれだよ」

杉浦の声だった。

「よう、杉さん！　急ぎの調査は終わったの？」

「きのうで終わったよ。これから、女房の様子を見に行くつもりなんだ。仕事で忙しくて、三日ほどご無沙汰だったからな」

「その後、奥さんの具合は？」

多門は訊いた。杉浦の妻は遷延性意識障害で、東京郊外の総合病院に入院している。眠ったままだった。

「相変わらず〝眠り姫〟さ。亭主がせっせと見舞いに通ってんだから、一度ぐれえは目を覚まして、愛想笑いのひとつもしてもらいてえよ」

「杉さんは偉いよ。いくら子供のいない夫婦だといっても、奥さんの面倒をそこまで熱心に見てやれる夫は少ないだろうからな」

「女房は身寄りが少ないんだ。遠い親類が何人かいることはいるんだが、首都圏に住んでる人間はいねえんだよ。だから、おれが面倒見てやるしかないんだ」

「それにしても、なかなか真似のできることじゃないよ」

「女房の話は、もういいじゃねえか」

杉浦が照れ臭そうに言った。

「奥さんは幸せだと思うよ」

「クマ、いい加減にしろや。それより、夕方、久しぶりに新宿あたりで一杯飲《や》らねえか」

「飲みたいところだが、夕方までに片がつくかどうか」

「おいしい依頼が舞い込んだようだな。国会議員か誰かが女性関係のスキャンダルを暴力団関係者に押さえられて、人を介してクマに泣きついてきたのか？」

「そうじゃないんだ。実は……」

多門は、女友達の従兄が何者かにゴルフクラブで殴打された事件を詳しく話した。

「その結城雅志って男が週刊誌の特約記者なら、単なる個人的な恨みじゃなさそうだな。クマ、事件の真相に迫りゃ、丸々と太った獲物が透《す》けてくるんじゃねえのか？」

「杉さん、けしかけないでくれよ。おれは、別に強請屋《ゆすりや》じゃないんだから」

「善人ぶりやがって。悪事の証拠を押さえるたんびに、巨額の口止め料を脅し取ってるくせに」

「確かに、過去にそういうことがあったな。けど、いまは心を入れ替えてトラブルシューターに専念してる」

「似合わねえ冗談言うなって。分け前が半々なら、全面的に協力するぜ」

「半々とは欲が深いな。七三か六四で、どう？」

「六四なら、話に乗るよ。女房の入院費のほかに、世話してる愛人《レコ》のお手当も工面《くめん》しなきゃならねえからな」

「杉さん、おれにまで見栄《みえ》張るなって」

「男が見栄を張らなくなったら、おしめえだろうが。早く片がついたら、電話くれや」

杉浦の声が途絶《とだ》えた。

多門は電話を切り、運転に専念した。二十分ほどボルボを走らせると、幡ヶ谷三丁目に着いた。目的のマンションは住宅街の外れにあった。茶色の磁器タイル張りの八階建てだった。それほど新しい建物ではない。

多門はマンションの近くにボルボを駐《と》めた。シートベルトを外し、両手と掌《てのひら》に透明なマニキュア液を塗りつける。両手に息を吹きかけ、幾度か手首を動かす。これでドアノブや室内の物品に指掌紋は付かないはずだ。多門は車から出た。

マンションの出入口は、オートロック・システムではなかった。管理人室もない。

多門は勝手にエントランスロビーに足を踏み入れ、集合郵便受けに歩み寄った。七〇一号室のネームプレートを確かめると、間違いなく布施と記してあった。

多門はエレベーターに乗り込んだ。

函《ケージ》の壁には、カラースプレーで暴走族のチーム名が書かれていた。卑猥《ひわい》な落書きも目につく。マンションの入居者の中に柄《がら》の悪い若者がいるのか。

七階に達した。

布施の部屋はエレベーターホールの近くにあった。多門はあたりに人目のないことを確かめてから、クリーム色のドアに耳を押し当てた。

スチールドア越しに、テレビの音声が聞こえる。どうやら悪質な別れさせ屋は部屋にいるようだ。七〇一号室のインターフォンのボタンを押す。

ややあって、スピーカーから男の声が流れてきた。

「どなたでしょう?」

「区役所の者です」

多門は言い繕《つくろ》った。

「何でしょう?」

「布施潤さんですね?」

「そうです」

「実はですね、こちらの手違いで布施さんの住民税を六万二千円ほど多く徴収してしまったんですよ。単純な計算ミスだったのですが、大変ご迷惑をかけてしまいました」

「しっかりしてほしいなあ。で、払い過ぎた税金を持ってきてくれたわけ？」

「はい」

「それは嬉しいな。いま、ドアを開けます」

スピーカーが沈黙した。

室内を走るスリッパの音がし、玄関のドアが開けられた。多門はドアの隙間から、素早く三和土《たたき》に入った。

玄関マットの上に、マスクの整った二十八、九歳の男が立っていた。上背《うわぜい》はあるが、細身だった。ベージュのプリントTシャツに、下は黒っぽいハーフパンツだ。

「おれが布施です。わざわざ申し訳ないっすね」

部屋の主が軽く頭を下げた。

多門は笑みを浮かべながら、イタリア製の三十センチの靴で布施の右脚の向こう臑《ずね》を思うさま蹴った。骨が重く鳴った。布施がうずくまり、長く唸った。

多門は踏み込んで、今度は布施の腹を蹴った。布施が横倒しに転がった。

「騒ぎ立てやがったら、てめえの顎《あご》の関節を外すぞ」

「あんた、何者なんだ!?」

「自己紹介は省《はぶ》かせてもらう」

多門は上着のポケットから結城雅志のスナップ写真を取り出し、ゆっくりと屈《かが》んだ。布施の目が写真に注がれた。

「写真の男に見覚えがあるなっ」

「し、知らないよ」

「口ごもったな。本当は知ってるんだろうが！」

「いや、知らないって」

「てめえが正直者かどうか、ちょっと体に訊いてみよう」

多門は写真をジャケットのポケットに入れ、布施を玄関ホールに捩《ね》じ伏せた。右腕を取り、肩の近くまで捩じ上げる。

布施が痛みを訴え、左手の掌で床を二度叩いた。

「レスリングやってんじゃねえんだ。そんなことをしても無駄だよ」

「乱暴なことはやめてくれ」

「素直に答えないと、てめえの利き腕をブラブラにしちまうぞ」

多門は言いながら、さらに布施の右腕を捻《ひね》った。

「知ってる、写真の男のことは知ってるよ。『週刊エッジ』の記者だろ？　えーと、確か名前は結城だったな」

「やっぱり、知ってたか。てめえは別れさせ屋をやりながら、同時に恐喝も働いてた。依頼人夫婦や浮気相手からも銭を毟《むし》り取ってたなっ」

「そ、それは……」

「『週刊エッジ』の特約記者の結城雅志はてめえの悪事を暴《あば》こうとマークしてた。てめえは身の破滅を防ぐため、結城を尾行して、ゴルフクラブでめった打ちにした。そうじゃねえのか！」

「何を言ってるんだっ。おれは、そんなことしてない。結城って記者がおれの身辺を嗅《か》ぎ回ってるんで、一度、電話で脅迫したことは認めるよ。しかし、あの男をゴルフクラブで殴打なんかしてない。嘘じゃないって」

布施が真剣な表情で言い募《つの》った。

「一昨日《おととい》の晩の午後七時から八時半の間、てめえはどこで何してた？」

「その時間帯に結城って奴は襲われたんだな？」

「余計なことを喋《しゃべ》るんじゃねえ。早く質問に答えろ！」

「一昨日《おととい》の夜は、小田原《おだわら》の実家にいたよ。ひと晩泊まって、きのうの午後に自宅マンションに戻ったんだ」

「実家の電話番号は？」

多門は懐《ふところ》からスマートフォンを取り出した。

布施は、すぐにテレフォンナンバーを口にした。多門は数字ボタンをタップした。ツーコールの途中で、先方の受話器が外れた。

「はい、布施でございます」

中年女性が告げた。

「東京の杉並署の者です。一昨日の夜、息子さんの潤さんはご実家に戻られました？」

「はい。ひと晩こちらに泊まって、きのうの正午過ぎに東京に戻りました。潤が何か悪いことをしたのでしょうか？」

「そういうことじゃないんですよ。参考までに息子さんのアリバイをちょっとね」

「一昨日の夕方から、きのうの正午前まで息子が小田原にいたことは間違いありません」

「そうですか」

「あのう、潤はどんな事件に巻き込まれたのでしょう？」

「たいした事件ではないんですよ。これで、息子さんの疑いは晴れるでしょう。ご協力ありがとうございました」

多門は電話を切って、布施に顔を向けた。

「一応、てめえの言葉は信じてやろう。けど、安心するのは早いぜ」

「どういうことなの？」

「てめえは依頼人カップルや寝盗《と》った浮気相手から銭をたかってたんだろ？　どうなんだっ！」

「それについては……」

布施が目を伏せた。

多門は布施の頭髪を鷲摑《わしづか》みにして、玄関の床タイルに顔面を数回叩きつけた。

布施が獣《けもの》じみた声をあげた。床タイルに鮮血が滴《したた》り落ちた。

「恐喝の事実は認めるんだなっ」

「は、はい」

「これまでにいくら脅し取った？」

「約二千万です。でも、金はもう数百万しか残ってない。ポルシェの新車を買っちゃったんですよ」

「すぐにポルシェを売って、脅した相手に一週間以内に金を返してやれ。空とぼけやがったら、てめえをぶっ殺すぞ」

「あなたは、どこのどなたなんです？」

「いいから、言われた通りにしやがれ！」

多門は立ち上がって、布施のこめかみに強烈な蹴りを見舞った。布施が手脚を縮めて、激しく体を痙攣《けいれん》させた。

多門は七〇一号室を出て、すぐにエレベーターに乗り込んだ。

ボルボの運転席に坐ったとき、スマートフォンに着信があった。多門はスマートフォンをスピーカーモードにして、低い声で名乗った。しかし、相手は何も喋ろうとしない。厭《いや》がらせの無言電話なのか。

多門は耳に神経を集めた。すると、女の嗚咽《おえつ》がかすかに伝わってきた。

「真奈美ちゃんか？」

「ええ。クマさん、十分ほど前に従兄が……」

「亡くなったのか!?」

「そうなの。死んじゃったのよ」

「犯人は必ず見つけ出す。いま、布施のマンションから出てきたところなんだが、奴はシロだろう」

「クマさん！」

真奈美が縋《すが》るように叫び、激しく泣きじゃくりはじめた。

多門はスマートフォンを握り直した。真奈美の涙が涸《か》れるまで、いつまでも待つつもりだ。

泣き声は高まる一方だった。

第二章　怪《あや》しい催眠療法

1

パンプスの音が近づいてきた。

長椅子に腰かけた多門は、つと顔を上げた。阿佐谷総合病院の談話室だ。

真奈美が歩み寄ってくる。泣き腫《は》らした目が痛々しい。

多門は読みかけの新聞をラックに戻し、すっくと立ち上がった。

午後四時過ぎだった。布施のマンションから阿佐谷総合病院に回ったのは、およそ一時間前だ。

「従兄の亡骸《なきがら》は？」

「これから葬儀社の車に運び入れられるそうよ。夕方には甲府の実家に……」

真奈美が下唇をきつく噛《か》んで下を向いた。

「若すぎるよな」

「ええ」

「通夜《つや》は明日になるんだろ？」

「そう。今夜は近親者だけで、仮通夜をやることになったの」

「そうか。真奈美ちゃんは伯母さんたちと一緒に甲府に行くんだ？」

「ええ。伯母から雅志さんのマンションのスペアキーを借りてきたわ」

「後で、真奈美ちゃんの従兄の部屋に行ってみるよ。何か手がかりを得られるかもしれないからな」

多門は言いながら、真奈美の肩口を掌で軽く叩いた。真奈美がハンドバッグから、キーホルダーを抓《つま》み出した。鍵は銀色だった。

「預からせてもらうよ」

多門はキーホルダーごと合鍵を受け取り、上着のポケットに突っ込んだ。

「そうだわ。少し前に、従兄の記者仲間の石戸透さんが駆けつけてくれたの」

「紹介してくれないか」

「ええ、そうするつもりだったの。通用口の所で待ってれば、石戸さん、伯母たちと一緒に現われると思うわ」

「それじゃ、通用口で待とう」

多門たちは談話室を出た。一階だった。売店の前を通って、病院の北側にある通用口に回った。

通用口の前には、黒塗りの遺体運搬車が横づけされている。その近くには、葬儀社の社員らしき中年の男がひっそりと立っていた。

多門と真奈美は表に出て、通用口の横にたたずんだ。

少し経《た》つと、ストレッチャーに乗せられた結城雅志の遺体が運ばれてきた。亡骸は白い布ですっぽりと覆《おお》われ、故人の頭髪さえ見えなかった。

真奈美が故人の名を呟《つぶや》き、体をふらつかせた。多門は真奈美の片腕を掴んで、しっかりと支えた。

遺体が黒塗りの車の中に収められた。故人の身内と思われる男女が七、八人、奥から現われた。どの顔も悲しみに打ちひしがれていた。彼らは遺体運搬車に合掌してから、三台の車に分乗した。そのとき、病院から三十一、二歳の男が出てきた。

「彼が石戸さんよ。クマさん、ここにいて」

真奈美が小声で言い、さりげなく多門から離れた。故人の記者仲間は長髪で、アーティスト風だった。

待つほどもなく真奈美が石戸を伴《ともな》って戻ってきた。彼女に引き合わされ、多門と石戸は名乗り合った。名刺交換もする。

「わたし、多門さんに犯人捜しをお願いしたんです。従兄のことで知っていることがあったら、多門さんに教えてあげてほしいの」

真奈美が石戸に言った。

「多門さんは、元刑事さんなんですか？」

「そうじゃないんですけど、事件のことを調べてくれるとおっしゃったんで、わたし、お願いしたんです」

「そうですか。あっ、お身内の方があなたを呼んでますよ。もう行かれたほうがいいんじゃないかな」

石戸が真奈美に耳打ちした。

真奈美が石戸と多門に目顔《めがお》で別れの挨拶《あいさつ》をして、身内の車に慌《あわ》ただしく乗り込んだ。三台の乗用車が次々に発進し、その後に葬儀社の車がつづいた。

石戸が遺体運搬車に向かって両手を合わせ、頭《こうべ》を深々と垂れた。多門は石戸に倣《なら》った。

ほどなく四台の車は走り去った。

「人の命って、実に儚《はかな》いもんですね。まさか結城さんが三十三歳の若さで亡くなるなんて……」

石戸が溜息混《ためいきま》じりに言った。

「ほんとだね。こんな所で立ち話もなんだから、どこかでコーヒーでも飲みませんか？」

「少し離れた所に喫茶店がありました。その店に行きましょうか」

「そうしましょう」

二人は肩を並べて歩きだした。百数十メートル先に、古めかしい造りの喫茶店があった。外壁は蔦《つた》でびっしりと覆われていた。

多門たちはレジに近いボックスシートに落ち着き、ともにブレンドコーヒーを注文した。コーヒーが運ばれてくるまで、二人は当たり障《さわ》りのない世間話をした。

「元ホストの布施潤はシロと考えていいだろうね」

多門はブラックでコーヒーをひと口啜ってから、小声で言った。

「別れさせ屋に会ったんですね？」

「ええ、二時間ほど前に布施のマンションに行ってみたんですよ。しかし、彼にはアリバイがあった」

「そうですか。ぼくは、てっきり布施という男が結城さんを襲ったんだと思っていました」

「ほかに思い当たる奴はいない？」

「強引な取材をしてる記者は割に他人に恨まれたりしますが、結城さんは紳士的でしたんで、取材対象者を怒らせるようなことはしていなかったと思います」

「プライベートで何かトラブってなかった？」

「そういうこともなかったはずです。結城さんは割に飲んべえでしたが、酒の飲み方はきれいでしたのでね。飲み屋のツケを踏み倒すなんてことは考えられないし、他人に酒をたかるなんてこともありませんでした」

石戸が言って、コーヒーに砂糖とミルクを入れた。甘党なのだろう。

「女性関係はどうだったんだろう？」

「彼女はいなかったんじゃないかな。浮いた噂はまったく耳に入ってきませんでしたから、まだ失恋の痛手が癒《い》えてないのかもしれないですね。昔の彼女が急に心変わりして、別の男と結婚しちゃったらしいんですよ」

「その話は、真奈美ちゃんから聞いてる」

「そうでしたか」

「私生活で誰にも恨まれてないとなると、やっぱり取材先で何かあったようだな。別れさせ屋のほかに、結城さんが熱心に取材してたのは？」

「結城さんは一年ぐらい前から、衝動殺人事件の公判を傍聴したり、事件現場に足を運んでました」

「どんな事件を追ってたの？」

「詳しいことはわかりませんが、どうも過去に起こった衝動殺人事件の資料はひと通り集めてたようですね」

「なぜ、結城さんは衝動殺人に関心を持ったんだろう？」

多門は言って、ロングピースに火を点けた。

「どこまで真実なのかわかりませんが、結城さんは高二の夏休みに衝動的に自分の父親を殺したくなったことがあるらしいんですよ」

「穏《おだ》やかな話じゃないね。いったい何だって、自分の父親に殺意なんか覚えたんだろうか」

「結城さんの親父さんは遣《や》り手の公認会計士らしいんです。山梨県下の優良企業二十数社の顧問を務めて、地元では名士扱いされてるとかって話でした」

「そりゃ、たいしたもんだ」

「成功者にありがちなのですが、結城さんの父親も自信家で自分の考えを他人《ひと》に押しつけるタイプらしいんですよ。それで息子にも大学は理系か法学部に進めと言って、文学部に入る気でいた結城さんの話には耳を傾けようとしなかったというんです。それどころか、文学部を選ぶんだったら、大学の入学金や授業料は一切《いっさい》出してやらないとまで言ったそうです」

「いまどき珍しい頑固《がんこ》親父だな」

「ほんとですね。頭にきた結城さんは発作的に台所から文化庖丁を持ち出して、父親の胸に切っ先を突きつけちゃったらしいんです」

「刺したんじゃないだろうね？」

「さすがに刺すことはできなかったと言っていました。でも、衝動殺人に走りたくなる気持ちは理解できると……」

「真奈美ちゃんの従兄は、気性の烈《はげ》しい男だったんだな」

「ふだんは温厚でしたよ。それだけ、父親の抑圧が大きかったってことなんじゃありませんかね」

石戸がコーヒーを口に運んだ。

多門は短くなった煙草の火を消した。

「その一件があってから、親父さんは息子の話を聞くようになったそうです。それで、結城さんは第一志望の早明《そうめい》大学の文学部に進んだんです。そうそう、彼は衝動殺人を題材にした長編ノンフィクションをいずれ書き下ろすと言っていました。もしかしたら、もう原稿を書き進めていたのかもしれませんね」

「そうだったとしたら、あらかた取材は終えてたんだろうな」

「ええ、そう考えてもいいと思います」

石戸がセブンスターをくわえた。

「その単行本は宝文社から出すことになってたの？」

「そのあたりのことはわかりません。大学時代の友人が帝都《ていと》書籍の出版部にいると言ってましたので、原稿はそっちに持ち込むつもりだったんじゃないのかな」

「いずれにしても、その単行本は幻《まぼろし》の処女作に終わってしまったわけか」

「ええ、そういうことになりますね。結城さんは将来、優《すぐ》れた社会派ノンフィクション・ライターになれたのに。文章力もありましたし、構成もうまかったんですよ。それがとても残念ですね」

「結城さんが何かに怯《おび》えてた様子は？」

「そういうことは、まるでうかがえませんでしたね。『週刊エッジ』の編集部に抗議の電話もありませんでしたし、妙な連中が宝文社の周辺をうろついてたなんて話も聞いたことはないな」

「そう。何か新情報を摑《つか》んだら、教えてほしいんだ」

「ええ、できるだけの協力はさせてもらいます。ぼく、結城さんより二つ年下なんです。それで、何かとかわいがってもらってたんですよ」

「そうなのか。いろいろ参考になりました。ありがとう」

多門は謝意を表し、さりげなく卓上の伝票を抓《つま》み上げた。

石戸が慌《あわ》てて煙草の火を揉み消す。多門は先に腰を上げ、勘定を払った。

「どうもご馳走さまでした」

石戸が丁重に礼を述べた。親の躾《しつけ》がよかったにちがいない。

二人は店の前で右と左に別れた。

多門は阿佐谷総合病院に引き返した。残照で明るかったが、陽射《ひざ》しは少し弱まっていた。

ボルボは病院の一般外来用駐車場に駐《と》めてある。多門は自分の車に乗り込むと、杉浦のスマートフォンを鳴らした。今夜は一緒に飲めなくなったことを手短に伝え、すぐに電話を切った。

多門はボルボXC40のエンジンを始動させ、冷房の設定温度を十七度にした。車内に涼気が回りはじめる。

多門は西永福に車を向けた。

結城雅志が住んでいたマンションを探し当てたのは午後五時過ぎだった。三階建ての低層マンションだ。多門はボルボを低層マンションの少し先の道端に駐め、結城の部屋に急いだ。

一階の一〇五号室である。多門は部屋の主の身内のような顔をして、堂々とドア・ロックを解除した。

室内は蒸し風呂のように暑かった。間取りは1DKだ。

多門は急いでエアコンディショナーのスイッチを入れた。涼しくなるまで、動き回らなかった。

奥の洋室は十畳ほどの広さで、床は焦茶《こげちゃ》のフローリングだった。ベッド、机、パソコンデスク、テレビ、CDコンポ、書棚などが所狭しと並び、ゆったりと坐れるスペースもない。

ダイニングキッチンは六畳ほどの広さだ。

コンパクトなダイニングテーブルの上には、灰皿、マグカップ、新聞、週刊誌などが載っていた。だいぶ古いらしい冷蔵庫のモーター音が耳障《ざわ》りだった。

洗面所の隅に置かれた洗濯機も、かなり古めかしい。二槽式だった。蓋《ふた》には亀裂が走っている。うっかり落としてしまったのか。

狭い浴室のタイルは、すっかり乾いていた。浴槽は空《から》っぽだった。ボディーソープのボトルが洗い場に転がっていた。

おおかたトイレも汚れているのだろう。覗《のぞ》く気にはなれなかった。

部屋の中に冷気が拡《ひろ》がってから、多門は机の引き出しの中を検《しら》べはじめた。

取材ノートや録音音声の類《たぐい》は見つからなかった。机の上のブックスタンドには、スクラップブックが何冊も入っていた。

多門は回転椅子に腰かけ、スクラップブックを順に繰《く》ってみた。夥《おびただ》しい数の新聞の切り抜きがファイルされていた。どれも、未成年の男女が引き起こした殺人事件や監禁事件を報じている記事だった。

結城は多発する少年犯罪に強い関心を寄せていたようだ。

多門は椅子を反転させて、書棚を見た。家庭内暴力、いじめ、不登校、引きこもりに関する書物がずらりと並んでいる。衝動殺人や猟奇殺人の本も目についた。精神医学や心理学の専門書もあった。

多門は椅子から立ち上がり、書棚の前に胡坐《あぐら》をかいた。

アメリカの精神科医が書いた人格障害をテーマにしたノンフィクションを棚から引き抜き、頁《ページ》を捲《めく》りはじめた。

第一章の『多重人格者たちの生い立ち』を飛ばし読みしているうちに、多門は哀しみと憤《いきどお》りを覚えた。重い精神障害に陥《おちい》った人々は、共通して幼年期に両親から虐待されていることが多いという。

ある少女は食事中のマナーが悪いと父親に椅子ごとロープで縛《しば》りつけられ、丸二日も納戸《なんど》に閉じ込められた。それだけではない。泣き声が耳障りだと腕や腿に熱したアイロンを押しつけられ、全身を何十カ所もつねられた。

夜尿症の治らない五歳の男児は粗相《そそう》をするたびに実の母親に自宅の池に投げ込まれ、剝《む》かれた尻を金ブラシで執拗に叩かれた。

酒乱の父親が夫婦喧嘩の末に妻を射殺するシーンを目の当《ま》たりにした四つの女の子もいた。少女は血塗《まみ》れの母親に抱きついたため、気絶するまで父親に頭を殴られた。彼女は十一歳のとき、実父に犯されてしまった。

信じられないような事例は、まだまだあった。しかし、多門は読み通せなかった。

そうした惨《むご》い幼児体験が心的外傷《トラウマ》になって、彼らは精神のバランスを崩してしまったと書かれていた。複数の人格が同一人物の心の中に居坐っているのは、当の本人が恐ろしい体験を思い出したくないと願っているかららしい。自己防衛本能が生んだ妄想なのだろう。

逆に考えれば、別の人格になりきらなければ、辛《つら》すぎて生きていけなかったのだろう。

それにしても、ひとりの人間の心の中に百数十人の人格が宿っているという事実はショックだった。それほどトラウマが深かったにちがいない。

第三章の『連続殺人犯と攻撃性』には、興味深いデータが示されていた。

アメリカの犯罪学者が殺人犯三百四十三人の個人史の記録や面接で、彼らのうちの七十八パーセントが少年期にペットを殺害している事実に気づいた。そして、その学者は犬や猫を平然と殺せる少年は人間の殺害にも強い関心があって、ペット殺しは一種の予行だったのではないかと推察している。

その項を読んで、多門はぎくりとした。

ペットこそ手にかけたことはないが、小学五年のとき、狂犬病に罹《かか》って暴れ回っていた野良犬の頭部を丸太で叩きのめしたことがあった。殺した蛇《へび》や蛙《かえる》は数えきれない。

それだけではなかった。裏社会の始末屋になってから、極悪人どもを十数人も殺《あや》めている。どの男も救いようのない悪党だったが、人間は人間だった。

そのへんの薄汚い殺人鬼とは違うと思いたいが……。

多門は急に落ち着きを失って、読みかけの単行本を書棚に戻した。

立ち上がって、パソコンに向かう。USBメモリーが五個あった。そのうちの一個のラベルに〝取材データ／フリースクール『アルカ』関係〟と横書きされていた。

残りの四個のUSBメモリーは住所録、マスコミ関連名簿といったものばかりだった。

多門はパソコンの操作の仕方をよく知らない。検索だけはできる。多門は取材データと表記されているUSBメモリーだけを上着の内ポケットに入れ、パソコンから離れた。

ダイニングキッチンに入ったとき、いきなり部屋のドアが開いた。玄関に二人の男が入ってきた。どちらも目つきが悪い。刑事だろうか。

「おい、何をしてるんだっ」

四十代後半に見える男が咎《とが》めるように言った。連れの三十歳前後の男も警戒する顔つきになった。

「おたくたちは？」

多門は、どちらにともなく問いかけた。年嵩《としかさ》の男が上着の内ポケットからＦＢＩ型の警察手帳を取り出した。

「杉並署の者だ。おまえ、泥棒《ノビシ》じゃないのか？」

「冗談じゃない。おれは、この部屋に住んでた結城雅志の知り合いなんです」

「どうやって、この部屋に入った？」

「結城のおふくろさんにスペアキーを借りたんですよ。おふくろさんに頼まれて、テレビや冷蔵庫の電源を切りに来たんだ」

多門は、もっともらしく言った。

二人の刑事が顔を見合わせた。若いほうの刑事が目でうなずき、腰の後ろから特殊警棒を引き抜いた。

「おい、ポケットに入ってる物をすべてダイニングテーブルの上に置け！」

年嵩の刑事が靴を脱ぎ、ダイニングキッチンに上がった。若い刑事もローファーを脱いだ。

「おれは怪しい者じゃない」

「泥棒《ノビシ》って隠語がすぐにわかったんだから、素《す》っ堅気《かたぎ》じゃないんだろ？　氏名、年齢、現住所、本籍地を速やかに言いなさい」

「勘弁してくれないか」

「疚《やま》しさがなければ、職務質問にすらすらと答えられるはずだ。おまえ、前科《マエ》しょってるんじゃないか」

「そうだとしても、色眼鏡《いろめがね》で見ないでほしいな」

多門は言い返した。と、それまで黙っていた若い刑事が声を張った。

「でけえ口をたたくな。ポケットの中の物を早く出せよ！」

「真っ当な市民を被疑者扱いするのかっ」

「つべこべ言ってないで、椅子に坐って所持品を出すんだ」

「わかったよ」

多門は命令に従った。別段、怯《おび》えたわけではない。刑事たちをいたずらに刺激するのは、得策ではないと判断したのだ。

多門は氏名や住所を明かし、所持している物をすべてダイニングテーブルの上に並べた。

「おまえがどうして結城雅志の写真を持ってるんだ?」
四十七、八歳の刑事が訊《き》いた。
「さっきも言ったが、こっちは結城の知り合いなんだよ。だから、彼をアイアンクラブで撲殺した犯人をおれが見つけ出す気になったのさ。で、結城のおふくろさんから合鍵を借りて、この部屋で手がかりになりそうな物を探してたんだ」

「それで、USBメモリーを持ち出そうとしたわけか」

「まあね」

「そんなことをされちゃ、困るんだよ。犯人捜しは警察の仕事だ。あんたは手を引いてくれ。いいな」

「わかりましたよ。USBメモリーは置いてくから、もう引き取ってもいいよね?」

「そう急ぐことはないじゃないか。あんたのことをもっとよく知りたいんだ」

「覆面《メン》パトの端末でおれの犯歴をチェックしてえってわけか」

多門は言った。

年嵩の刑事がにっと笑い、若い相棒に目配せした。特殊警棒を手にした刑事があたふたと部屋から出ていった。

「ちぇっ、ツイてねえや」

多門は腕を組んで、目の前の刑事を睨《にら》みつけた。

2

路上に空のペットボトルが転がっていた。

多門は腹立ち紛《まぎ》れにペットボトルを蹴った。低層マンションの玄関前である。

少し前に事情聴取から解放され、一〇五号室を出てきたところだ。時刻は午後六時半を回っていた。

杉並署の刑事たちは多門がやくざ時代に傷害罪で一年数カ月服役したことを知ると、彼を空き巣扱いしはじめた。

多門は頭に血がのぼり、年嵩の刑事の胸倉を摑みそうになった。と、若いほうの刑事が素早く手錠を取り出した。そして、公務執行妨害と窃盗《せっとう》容疑で緊急逮捕すると喚《わめ》いた。

多門は腹立たしかったが、胸の怒りをなんとか鎮《しず》めた。刑事たちは、部屋のスペアキーの入手経路をしつこく訊いた。多門は言《げん》を翻《ひるがえ》し、スペアキーは一週間あまり前に結城自身から預かったと答えた。真奈美や彼女の義理の伯母に迷惑が及ぶことを懸念《けねん》したからだ。

それが、かえって悪い結果を招いてしまった。刑事たちは多門を空き巣と疑い、任意同行を求めてきた。

結城の部屋から無断でUSBメモリーを持ち出そうとしたとなれば、れっきとした窃盗未遂の罪になる。所轄署に連行されたら、厄介《やっかい》なことになってしまう。

多門は心ならずも、真奈美の名を出した。彼女に伯母から結城の部屋の合鍵を借りてもらったことを明かし、室内を物色する許可も得ていたと話した。

真奈美のスマートフォンの番号を教えると、若い刑事はすぐ確認の電話をかけた。それで、一応、疑いは晴れた。

ただ、若い刑事は多門が結城のUSBメモリーを持ち出すことに難色を示した。そして彼は、真奈美にすべてのUSBメモリーを捜査資料として借り受けたいと申し出た。

真奈美は伯母に判断を仰《あお》いだ。結城の母親は警察の申し入れを受け入れた。こうして多門は、有力な手がかりを刑事たちに渡すことになってしまったのである。残念だが、仕方がない。そのうち、何か別の手がかりを摑めるだろう。

多門はボルボXC40に駆け寄った。

ドアのロックを解いたとき、懐でスマートフォンが着信音を発しはじめた。多門はスマートフォンを取り出し、耳に当てた。

「もしもし、クマさん？」

真奈美だった。

「おう！　さっきは悪かったな。真奈美ちゃんの名前は出さないつもりだったんだが、こそ泥扱いされたんで、やむなく……」

「そのことはいいの。クマさん、気にしないで。それより、もう事情聴取は終わったんでしょ？」

「ああ、少し前にな」

「よかったわ。でも、クマさん、動きにくくなるんじゃない？　杉並署の人たちに、クマさんが犯人捜しをしようとしてることを知られちゃったんだから」

「ま、そうだな」

「クマさん、手を引いてもいいのよ」

「何を言い出すんだ。おれは手なんか引かないぜ。警察よりも早く犯人を見つけ出してやる」

「捜査の邪魔をしたとか何とか言って、警察はクマさんの動きを封じにかかるんじゃない？」

「微罪で、おれの身柄を拘束するんじゃないかって心配してるんだな」

「ええ、そう」

「そんなことしやがったら、杉並署に放火して丸焼きにしてやる」

「クマさんったら」

「手がかりになりそうなUSBメモリーを持ち出せなかったのが残念でならないよ。そのUSBメモリーのラベルには、〝取材データ／フリースクール『アルカ』関係〟って記されてたんだ」

「クマさん、そのことで電話したのよ。病院から持ち帰った従兄の遺品の中に仕事用の手帳があったんだけど、頁《ページ》の間に一カ月ほど前の日付の全国紙の切り抜きが挟まってたの」

「記事の内容は？」

多門は早口で訊いた。

「危険ドラッグにハマってた十七歳の男の子が江東区深川《ふかがわ》の路上で白昼、牛刀を振り回して三人の通行人に重軽傷を負わせたという事件よ。犯人の少年は、半年ぐらい前から『アルカ』に通ってたと書かれてたわ。その事件があった数日後から、雅志さん、『アルカ』の取材を開始してるの。でも、フリースクール側に取材拒否されたらしく、通ってる塾生に接触したみたいなのよ。従兄の手帳には、隆《たかし》君にインタビューとか、玲子《れいこ》ちゃんに接触、なんてメモされてたから」

「その新聞記事に『アルカ』の所在地は載ってた？」

「ええ、載ってたわ。四谷《よつや》三丁目よ」

真奈美が答えた。

「牛刀で通りがかりの三人を傷つけた坊主は犯行時、危険ドラッグか何かでラリってたのかな」

「記事には、そういうことは書かれていなかったわ」

「そう。『アルカ』には、主に不登校生徒たちが通ってるの?」

「先生やクラスメイトにいじめられて学校に行けなくなった小・中学生が大半みたいだけど、薬物中毒や家庭内暴力で親を悩ませてる高校生や高校中退者も何十人か通ってるようね。『アルカ』は校則も単位もないいんだけど、催眠療法を週に三度受けなければならないみたいよ」

「催眠療法だって!?」

「ええ、催眠術によるリラクゼーションを売りにしてるようね」

「なんか胡散《うさん》臭げなフリースクールだな」

「わたしも、ちょっとそんな印象を持ったわ。半年も『アルカ』に通ってた十七歳の男の子が白昼、通り魔的な犯行に及んじゃったわけだから、催眠療法に何か問題があったのかもしれないわね」

「真奈美ちゃんの従兄もそう感じたから、きっと『アルカ』のことを調べる気になったにちがいない」

「ええ、考えられるわね」

「これから、四谷の『アルカ』に行ってみるよ。もう塾生も先生もいないだろうが、近所で聞き込みはできるからな」

「クマさん、無理しないでね」

「わかってるよ。もう仮通夜ははじまったのかな？」

「うん、少し前にね。といっても、近親者が集まってるだけなの。明日が本通夜で、明後日《あさって》が告別式ってことになったのよ」

「そうか。葬式が済むまで当然、甲府にいるんだろう？」

「ええ、そのつもりよ」

「当分の間、辛いだろうが、悲しみは必ず歳月とともに少しずつ薄れるよ。おれもおふくろに死なれたときは悲しくて遣《や》り切れなかったが、時間が経《た》つにつれて、だんだん元気を取り戻すことができた」

「クマさんのお母さんは、未婚のまま……」

「そう、おれを産んだんだ。親父は妻子持ちだったからな。おふくろは看護師をしながら、女手一つでおれを育ててくれたんだよ。何かと苦労があったせいか、長生きできなかったんだろう」

「勁《つよ》い女性だったのね。わたしも、クマさんのお母さんみたいに生きられたらいいな」

「未婚の母になりたくなったら、いつでも連絡してくれよ。喜んで協力するからさ」

多門は際どい冗談を言って、先に電話を切った。

ボルボのエンジンをかけたとき、低層マンションの玄関から二人の刑事が現われた。どちらも、多門の車を見ようとしない。目の逸《そ》らし方が不自然だった。

自分を尾行する気なのかもしれない。

多門はボルボＸＣ40を走らせはじめた。杉並署の刑事たちが慌《あわ》ただしく覆面パトカーに乗り込んだ。グレイのプリウスだった。

覆面パトカーの横を走り抜け、表通りに出た。多門はミラーを見た。思った通り、刑事たちの車が追ってきた。連中は、こちらが事件の手がかりを摑んでいると踏んだようだ。それで、尾行する気になったのだろう。

多門は次の交差点を右折し、わざと高井戸《たかいど》方向に進んだ。四谷とは逆方向だ。

覆面パトカーは一定の車間距離を保ちながら、しぶとく追尾してくる。

多門は久我山《くがやま》街道を直進し、三鷹台《みたかだい》団地に接近した。団地の外周路を二周して、団地の中に入る。

幾度か右左折を繰り返すと、ミラーからプリウスのヘッドライトが見えなくなった。尾行をまくチャンスだ。多門は団地の外に出て、住宅街に車を乗り入れた。覆面パトカーは、もう追走してこない。

「ご苦労なこった」

多門は刑事たちを嘲《あざけ》って、ボルボを四谷に向けた。

目的のフリースクールに着いたのは八時近い時刻だった。『アルカ』は雑居ビルの四階から六階まで使っていた。

塾生たちはいないようだが、窓は明るい。

親類の中学生が両親に家で暴力を振るっているという作り話で、入塾の相談をしてみることにした。多門はボルボを雑居ビルの並びにある児童公園の横に駐めた。雑居ビルから三、四十メートル離れた路上だった。

多門は大股で歩き、雑居ビルのエレベーターに乗り込んだ。四階で降りると、すぐ目の前に『アルカ』の事務室があった。受付窓口は閉ざされている。

多門は事務室のドアをノックした。

ややあって、男の声で返事があった。

「はい、どうぞ」

「失礼します」

多門はアイボリーホワイトのドアを開けた。スチール製のデスクが六卓置かれ、その手前に応接セットがあった。

五十年配の男がソファに腰かけ、夕刊を手にしていた。髪は半白で、メタルフレームの眼鏡《めがね》をかけていた。

「姉の娘がちょっと荒れてるんですよ。それで、入塾の相談に伺ったのですが……」

「そうですか。わたし、事務長の横尾《よこお》です」

「申し遅れました。佐藤治郎《さとうじろう》と申します」

多門は、ありふれた姓名を騙《かた》った。

横尾が立ち上がり、ソファを勧めた。多門は腰かけた。横尾が向かい合う位置に坐り、新聞を手早く折り畳んだ。

「姪《めい》の方は中学生ですか？」

「ええ、二年です。中学に入って間もなくクラスで集団いじめに遭《あ》ったらしいんですが、それから家で母親や三つ違いの弟に八つ当たりするようになったそうなんです。そのうち、壁や家具を壊すようになって、この五月ごろから両親に生卵やスリッパを投げつけるようになったというんですよ。わたしの姉は自分の娘を道連れに、無理心中しようとさえ思い悩んでいます」

「そんなことは絶対にしてはいけません。その娘さんは、必ずいい子になりますよ」

「そうでしょうか」

「ええ、大丈夫ですって。その娘さんを一日も早くここに連れていらっしゃい」

「実はですね、わたしは姉には内緒でこちらに伺ったんですよ。姪のことがとても心配でしたんで、じっとしてられなかったんです」

「それは、そうでしょう」

「ただ、姉夫婦は割に世間の目を気にするタイプで、姪のことを極力隠したがってるんです。ですので、わたしがいくら姪をフリースクールに通わせてみたらと勧めても、なかなか首を縦に振ってくれなかったんですよ。そこで、きょうはわたしがフリースクールの良さを教えていただいて、再度、姉夫婦を説得してみようと思って伺った次第なんです。『アルカ』さんのことを詳しく教えていただけますか？」

多門は澱《よど》みなく作り話を喋《しゃべ》った。

「もちろん、喜んで。現在、約三百人の塾生をお預かりしています。数が最も多いのが中学生で、後は高校生、小学生、フリーターの順です。全員、十代です。女の子がおよそ四割ですね」

「不登校の子たちが多いんですか？」

「ええ、そうですね。塾生たちはほぼ全員、学校が好きじゃありません。それぞれが容姿、学業、運動能力のなさ、個性的な考え方などで教師や級友にからかわれたり、集団いじめの対象にされてしまったからです」

「そういえば、わたしの姪もへそ曲がりというのか、クラスのみんなと同じことをやりたがらないタイプですね。流行を追っかけることは大嫌いみたいです。だから、髪型や補助鞄《かばん》のことで、クラスの連中にダサいと言われてたようです」

「個性的で、頼もしいじゃありませんか。しかし、家族に八つ当たりをするのはよくないですね。ですが、その程度の荒れ方なら、おとなしいほうです」

横尾が笑顔で慰めた。

「塾生の中には、もっと荒れてる子たちが大勢いるんですか？」

「いくらもいますよ。暴走族チームに入って喧嘩と恐喝を繰り返していた高校生、危険ドラッグと覚醒剤で心と体がボロボロになってしまった高校中退者、毎週のように数日の無断外泊をしてた小六の女子、チンピラに唆《そその》かされて太腿に牡丹《ぼたん》の刺青《いれずみ》を彫ってしまった中三の女の子といった具合です。どの子も根は優しいのですが、学校で孤立させられたことで、横道に逸《そ》れてしまったんですよ。しかし、そういう子たちも『アルカ』に通うようになって二、三カ月も経てば、別人のように素直になります」

「スタッフが優秀なんでしょうね」

多門は誉《ほ》めちぎった。

「ま、そういうことになるのかもしれません。うちは他のフリースクールと違って、スタッフの中に元教師はいないんです。心理カウンセラー、音楽療法士、催眠療法の専門家が核になって、塾生たちの強張《こわば》った心をときほぐしています」

「そういえば、催眠療法に力を注がれてらっしゃるようですね」

「ええ、おっしゃる通りです。催眠術によるリラクゼーションは、大変な成果を上げています」

「費用は、かなり高いんでしょう？」

「いいえ、入会金は五万円で月謝も三万円とお安いんです」

「その程度なら、サラリーマンの義兄にも払えそうだな。事務長さん、『アルカ』のパンフレットがあったら、一部いただけませんか？」

「新しいパンフレットが近日中に刷り上がってくると思うのですが、あいにく古いものはすべて処分してしまったんですよ」

「それは残念だな。それじゃ、ちょっと教室は覗かせてもらえます？」

「佐藤さん、うちは教室という呼び方はしてないんです。フリースペース、トレーニングルーム、リラクゼーションルームという分け方をしてるんですよ」

「不勉強でした。確かに教室なんて呼び方をしたら、塾生たちがある種のアレルギー反応を起こすでしょうからね」

「ええ、そうなんですよ。フリースペースやトレーニングルームを見学されても、あまり意味はないと思います。塾生やスタッフがいるときに見学されたら？」

横尾が提案した。見学を強く望んだら、不審がられるかもしれない。

「事務長さんの言われる通りです。誰もいないフリースペースやトレーニングルームを見せていただいても、あまり参考にはならないか」

「ええ、そう思います。午前八時半になれば、塾生とスタッフが顔を出しますので、いつでもお姉さまや姪っ子さんとご一緒にいらしてください」

「そうさせてもらいます。いろいろ教えていただいて、ありがとうございました」

多門は腰を上げ、事務室を出た。

ちょうどそのとき、エレベーターの扉が開いた。函《ケージ》から姿を見せたのは、白衣をまとった三十八、九歳と思《おぼ》しい男だった。

端整な顔立ちだが、どこかふてぶてしかった。といっても、筋者《すじもの》特有の凄《すご》みはうかがえない。

この男は何か危《ヤバ》いことをして、刑務所暮らしをしたことがありそうだ。多門はそう直感し、胸の名札を見た。西崎《にしざき》という名だった。

男が会釈《えしゃく》し、事務室に消えた。

このフリースクールは、やはり胡散臭い。少し近所で聞き込みをやってみることにした。

多門はエレベーターの下降ボタンに触れた。

3

表に出る。

多門は視線を泳がせた。雑居ビルの斜め前に、ハンバーガーショップがあった。多門は通りを斜めに横切り、その店に入った。

若者の姿が目立つ。いくらか気恥ずかしかったが、多門はカウンターに近寄った。コーラ、ハンバーガー、ポテトを注文する。

少し待つと、オーダーしたものがトレイに並んだ。

多門は中ほどの席に坐った。ハンバーガーを半分ほど食べたとき、制服姿の女性従業員が空いているテーブルをダスターで拭きはじめた。まだ若い。短大か、専門学校に通っているのではないか。

「ちょっといいかな」

多門は女性従業員に声をかけた。彼女は快活な返事をし、すぐに歩み寄ってきた。多門は上着のポケットから、結城雅志のスナップ写真を取り出した。

「ここに写真の男が来たことはある？」

「その方なら、何度かお見かけしたことがあります」

女性従業員が写真を覗き込んでから、そう答えた。

「初めに見かけたのは、いつごろ？」

「一カ月ぐらい前だったと思います。それから三、四回いらっしゃいました」

「連れは？」

「中学生の男の子や女子高生らしい娘《こ》と一緒でした。何かの取材のようでしたね」

「そう。連れの男の子や女の子に見覚えは？」

「ええ、あります。二人とも、この近くにあるフリースクールの塾生ですので」

「そのフリースクールというのは、『アルカ』のことだね？」

「はい、そうです。『アルカ』に通ってる子たちは、ここによく来てくれるんですよ」

「そう。いま、店に塾生はいる？」

多門は問いかけた。相手が店内を見回し、首を横に振った。

「塾生たちが多く集まる時間帯は正午前後なんだろうな」

「そうですね。それから、三時過ぎにも割によく見かけます」

「『アルカ』の先生というか、スタッフたちもハンバーガーを喰いに来てるの？」

「ええ、たまに見えますね」

「スタッフたちの中に、西崎という男は混じってる？」

「あのう、失礼ですけど、お客さまは……」

「おっと、怪しまれちゃったみたいだな。実は、ちょっとした内偵捜査中なんだ」

「内偵捜査中とおっしゃると、お客さまは警察関係の方なんですね？」

「うん、まあ」

多門は曖昧《あいまい》なうなずき方をした。

「なんか刑事さんには見えませんけど」

「最近は、いろんなタイプの刑事がいるんだよ。それはそうと、西崎について知ってることを話してくれないか」

「はい。西崎先生は催眠療法の責任者みたいですよ。『アルカ』の子たちがここで、西崎季《とし》之《ゆき》はマジシャンじゃないのかなんて話してるのを聞いたことがあるんです」

相手が言った。

「マジシャンみたいに催眠術のかけ方が上手だってことなんだね？」

「そうなんだと思います。西崎先生は、どんな塾生にも一分そこそこで必ず催眠術をかけられるというんですよ」

「ふうん」

多門は結城の写真を上着のポケットに戻した。

そのとき、急に女性従業員が困惑顔になった。多門は、彼女の視線をなぞった。カウンターの方から三十歳前後の男が歩いてくる。店長だろう。

男は立ち止まると、多門に話しかけてきた。

「お客さま、当店の者が何か失礼なことをしたのでしょうか？」

「そうじゃないんだ。ちょっと内偵捜査に協力してもらってるんですよ」

「警察の方でしたか。店内では差し障《さわ》りがございますので、奥の休憩室をお使いください」

「それはありがたいな。それじゃ、遠慮なく使わせてもらおう」

多門は立ち上がった。

「お客さまのトレイを休憩室にお運びして」

店長らしき男が女性従業員に小声で言った。女性従業員がうなずき、卓上のトレイを持ち上げた。

男の案内で、多門は休憩室に移動した。テーブルを挟んで女性従業員と向き合う。店長と思われる男は、すぐに遠ざかった。

「塾生たちは西崎のことをどんなふうに見てるんだろうか。評判はどうなんだい？」

多門は訊いた。

「催眠術がうまいことは誉《ほ》めてましたけど、感情に少しむらがあるみたいですね。機嫌が悪いときはすごく怒りっぽいらしいんですよ。逆に上機嫌なときは、やたら塾生たちをおだてるというんです」

「そう。西崎の行きつけのレストランとか飲み屋、わかるかな？」

「それは、ちょっとわかりません。でも、先生たちは少し先の『磯繁《いそしげ》』って店でよく飲んでますね。わたし、バイトの帰りに、その居酒屋の前でちょくちょく先生たちを見かけますんで」

相手が答えた。

「それじゃ、西崎も飲みに行ってそうだな。話は飛ぶが、この店に塾生の隆君とか玲子ちゃんって子はちょくちょく来てる？」

「二人とも、よく来てますよ。そうだわ、思い出しました。隆君も玲子ちゃんも、写真の男性とここで待ち合わせをしたことがありました。それで、何か『アルカ』のことを取材されてるようでしたね」

「ここに来れば、隆君や玲子ちゃんに会えるかな」

多門は言ってから、コーラで喉を潤《うるお》した。

「ええ、二人とも毎日のように来てますから」

「隆君は中学生？」

「そうです。一応、中二なんだけど、学校には中一の一学期しか行ってないんだと言ってました」

「いじめられて、登校拒否になってしまったのかな」

「そうらしいんです。隆君、小学生のころから飼ってるハムスターを制服のポケットに入れて登校したことがあったんですって。ふだんは隆君の言うことを聞くハムスターがポケットから飛び出して、授業中に教室の中を走り回ったというんです」

「大騒ぎになったろうな」

「ええ。それで隆君、英語の先生に子供っぽい奴だと笑われて、小学校に逆戻りしたほうがいいんじゃないかとからかわれたんですって。彼、かなり小柄なんですよ。顔も女の子みたいで、かわいらしいんです。そんなことで、クラスの子たちから軽く見られはじめて、そのうちクラスで無視《シカト》されるようになったんですって」

「無神経な教師がいるもんだなあ。そんな言い方したら、みんなは面白がって、隆って子をからかうよな？」

「ええ。教師失格ですよね。そんなことがあって、隆君は『アルカ』に通うようになったみたいなの」

「そう。玲子ちゃんは、いくつなんだい？」

「十六です。彼女も高校には数カ月通っただけで、中退しちゃったという話でした」

「やっぱり、学校でいじめられたのかな？」

「ええ。玲子ちゃんは、いわゆる帰国子女なんです。中二までアメリカやイギリスで暮らしてたんで、日本語よりも英語のほうが上手なんですよ。日本語に詰まると、つい横文字を喋っちゃうんです」

「それが厭味《いやみ》だって、クラスの連中に爪弾《つまはじ》きにされちゃったわけか」

「そうらしいんですよ。とっても気の優しい子なんですけどね」

「子供の世界は案外、残酷だからな」

「大人たちも同じだと思います。現代人は誰も心に余裕を持てなくなったんで、他人の苦しみや悲しみに鈍感になっちゃったんじゃないですか。それから、弱者をいじめることでストレスを解消してるんだと思います」

「そうなんだろうな。競争社会が人間の心を蝕《むしば》んだのかもしれないね」

「わたしも、そう思います」

女性従業員が哀しげな表情で相槌《あいづち》を打った。

「ところで、きみは『アルカ』の塾生だった危険ドラッグ中毒の十七歳の坊やが深川の路上で三人の通行人に牛刀で怪我を負わせた事件を知ってる？　一カ月ぐらい前に起こった事件なんだが……」

「ええ、知ってます。牛刀を振り回した中谷直人《なかたになおと》君も、この店にはちょくちょく来てたんですよ」

「そうだったのか」

「直人君がなぜ、あんなことをやったのか、わたし、わかりません。彼、危険ドラッグはきっぱりやめたはずなんですけどね」

「何か別の薬物をこっそりやってたんだろう。たとえば、覚醒剤とかさ」

「そうなのかな。言われてみると、事件を起こす数日前から直人君の様子が変でしたね」

「どんなふうに」

多門は訊いた。

「目の焦点が定まっていない感じだったし、しきりに耳のあたりに手をやってました。まるで耳の中に虫でも入ってるように指を何度も突っ込んだり、頭全体を振ったりもしてましたね」

「薬物による幻覚に悩まされてたんだろうか」

「あっ、そうだったのかもしれませんよ。だけど、あれだけ薬物中毒で苦しんでた直人君が新たなドラッグに手を出す気になるかな。もしかしたら、誰かに無理矢理に薬物を与えられたんじゃないのかしら？」

「中谷直人という子が、チンピラ連中とつき合ってた様子は？」

「断定的なことは言えませんけど、そういうことはなかったと思います。直人君、昔の遊び仲間には近づかないようにしてるんだと言っていましたから」

「そう」

「刑事さん、『アルカ』の先生か塾生が何か事件に関わってるんでしょ？　誰が何をやったんですか？」

「別にそういうことじゃないんだよ。写真の男が何日か前に何者かにゴルフクラブでめった打ちにされて、意識不明のまま病院で息を引き取ったんだ」

「えっ、あの方、亡くなったんですか⁉　わたし、ろくにネットニュースを観《み》ないし、新聞も読まないから、そんな事件があったことも知りませんでした。かわいそうに」

「その事件の内偵捜査で動いてるんだ。ご協力ありがとう。ハンバーガー、食べ残しちゃったな」

「そのままで結構です。わたしが片づけますので」

女性従業員が言った。多門は後片づけを頼み、先に休憩室を出た。

店長と思われる男は、カウンターの近くに立っていた。多門は男に礼を言って、外に出た。

その足で、『磯繁』に向かった。目的の居酒屋は七、八十メートル離れた場所にあった。間口《まぐち》は、それほど広くない。

多門は店内に入った。

右手にL字形のカウンター席があり、左手にテーブルが三卓並んでいる。奥には、小上がりがあった。客席は、半分ほど埋まっていた。

「どうぞ奥に！」

店主らしい六十年配の作務衣《さむえ》姿の男が威勢よく声をかけてきた。男の妻と思われる五十三、四歳の女がカウンター席を手で示した。

多門は小上がりの近くまで進み、カウンターの端に落ち着いた。冷酒と数種の酒肴《しゅこう》をオーダーする。

突き出しの螺貝《つぶがい》と冷酒がすぐに運ばれてきた。多門はグラスを傾けながら、小上がりで飲んでいる四人の男女をちらりと見た。男が三人に、女がひとりだ。

会話の内容から察するに、四人は『アルカ』のスタッフと思われた。多門は、耳をそばだてた。

「ここだけの話だけど、おれは催眠療法の導入には反対だったんだ」

男のひとりが声を潜《ひそ》めた。一拍置いてから、二十八、九歳に見える女が口を開いた。

「わたしも同意見だわ。心理カウンセリングと音楽療法だけで、塾生たちの閉ざされた心を開いてやるべきよ」

「その通りだね。そもそも人為的に塾生たちをトランス状態に誘導する必然性がないよ」

「ええ、そうよね。わたしは心理カウンセリングと音楽療法で充分だと思うわ。モーツァルトやシューベルトの名曲を聴かせるだけで、子供たちの気分を寛《くつろ》がせることはできるんだから。気持ちが沈んでるときにはロックとかヒップホップを聴かせれば、明るさを取り戻してくれる」

「お二人とも、ちょっと待ってください」

二十六、七歳の色白な青年が口を挟んだ。
「そうか、きみは催眠療法推進派だったな」

最初の男が言った。

「別に推進派じゃありませんよ。ただ、催眠療法に妙な先入観を持つのは、よくないと思うんです。もともと催眠術は心理療法として研究されたものですし、それなりの成果も上げてきました」

「催眠術によって、アルファ波の脳波が安静することはわかってるよ。しかし、科学的な裏付けという点では、まだまだ……」

「そんなことを言いだしたら、現代医療全般がパーフェクトじゃないでしょ？」

「それは屁理屈《へりくつ》ってもんだな。気功健康法と同レベルの催眠自律訓練法を導入する必要があるのかね」

「片瀬《かたせ》さん、そういう言い方は西崎先生に失礼ですよ。西崎先生はアメリカで臨床心理士の資格を取得された方なんです」

「社長の話では、確かにそういう触れ込みだったね。しかし、それが事実かどうかは不明だ。木村《きむら》君、ライセンスを見せてもらったことがあるの？」

「ありませんけど、寺町《てらまち》社長がそう言っているんですから、間違いないでしょ？」

「うちの女社長はビジネス面では遣《や》り手だが、恋愛面では初心《うぶ》なところがある。ちょっとニヒルなイケメンに騙《だま》されてるのかもしれないぜ。西崎の旦那は六年もアメリカで暮らしてたというのに、ろくに英語も喋れないんだ。いつか旦那と一緒に歩いてるとき、アメリカ人夫婦に地下鉄駅までの道順を訊かれたんだよ。そのとき、旦那はおたついちゃってね。結局、おれがブロークンな英語で教えてやったんだ」

「西崎先生は片瀬さんの前で流暢《りゅうちょう》な英語を喋るのが照れ臭かったんでしょう?」

「きみは、なんでも彼に味方するんだな」

片瀬と呼ばれた男が鼻白《はなじろ》んだ顔になった。木村という青年が何か反論しかけると、それまで黙っていた男が執《と》り成《な》すように早口で言った。

「仕事絡《がら》みの話は、もうやめようよ。酒がまずくなる」

「そうだな」

片瀬がビールの罎《びん》を持ち上げ、三人の同僚に酌をした。四人は近く納涼船に乗ることになっているようで、その話に熱中しはじめた。

『アルカ』の経営者が女性であることは意外だった。なんとなく主宰者は年配の元教育関係者だと思い込んでいたのである。

刺身と焼鳥が届けられた。多門は冷酒の杯を重ねた。

三杯目のグラスに口をつけたとき、小上がりの四人が腰を上げた。彼らは割り勘で支払いを済ませ、じきに店から消えた。

「お客さん、うちは初めてですよね？」

藍色《あいいろ》の作務衣を着た男が話しかけてきた。

「そう」

「お見かけしたところ、サラリーマンじゃなさそうですが……」

「自営業ってやつです」

「やっぱりね。わたしも若いときから、ずっと自分で商売をやってきたんですよ。人に使われるのは性《しょう》に合わないのでね」

「大将は頑固そうだもんな」

「一応、他人《ひと》の話を聞く耳は持ってるんですが、誰かに指図《さしず》されるのが嫌いなんですよ」

「おれも、それに近いタイプだね」

多門は微苦笑《びくしょう》して、煙草に火を点けた。

「小上がりのお客さんたちの声、お耳障《ざわ》りだったでしょ？」

「それほど気にはならなかったが、遣り取りは聞こえちゃったな」

「さっきのお客さん、この近くにあるフリースクールの先生たちなんですよ。不登校の子供たちの心理カウンセリングをやってるみたいですが、所詮《しょせん》は勤め人ですね」

「どういうこと?」

「ちょっと酒が入ると、必ず誰かが上司や同僚の悪口を言いはじめるんですよ。ボロクソに言われてた西崎先生だって、うちにはよく飲みに来てくださる方なんだけどね。あんなふうにおおっぴらに悪口を言ってたら、そのうち西崎先生の耳に入ると思うんだがな」

「ひょっとしたら、そこまで計算して悪口を言ってるのかもしれないよ」

「そうなんですかね」

店主が意味もなく笑った。

「西崎って先生は、催眠療法の責任者か何かなの?」

「ええ、そう聞いています。フリースクールの女社長に気に入られて、一年ぐらい前から催眠療法を任されてるそうです」

「女社長というのは、まだ若いのかな?」

「三十一、二でしょうか。寺町梢《こずえ》って方なんですが、色気のある美人ですよ」

「へえ、会ってみたいもんだな」

「月に一回ぐらいは、西崎先生とここに見えるんです。あの二人は、もうできてるのかもしれないな。とってもいいムードなんですよ」

「あなた、余計なことは言わないの！」

斜め後ろで、女の叱声《しっせい》がした。

多門は振り返った。店主の妻と思われる女が作務衣の男を睨んでいた。

店主は首を竦《すく》め、カウンターの反対側の端に移っていった。

「うちの亭主が言ってた話、みんな、忘れてくださいね」

「大将、おれに何か話してくれたっけ？」

多門は茶目っ気たっぷりに言って、三杯目の冷酒を飲み干した。

4

コーヒーカップは、もう空だった。

多門はコップの水を呷《あお》った。新宿東口にあるカフェだ。午後一時十五分過ぎだった。多門は杉浦将太を待っていた。

前夜、彼は『磯繁』を出ると、杉浦に電話をかけた。そして、『アルカ』の女性社長と西崎の前歴を調べてくれるよう頼んだのである。

元刑事の杉浦は、あちこちに顔が利《き》く。正規のルートで情報を得られない場合は、非合法な手段も使う。したがって、依頼したことはほぼ完璧に調べ上げてくれる。そういう意味では、頼りになる相棒だった。

多門はロングピースをくわえた。

ふた口ほど喫いつけたとき、杉浦が飄然《ひょうぜん》と店に入ってきた。白い開襟《かいきん》シャツに、灰色のスラックスという身なりだ。黒っぽい麻の上着は小脇に抱えていた。

杉浦は小柄だ。百六十センチそこそこしかない。しかし、ある種の凄みがあった。

頬が極端にこけ、顎は尖《とが》っている。逆三角形に近い輪郭《りんかく》だった。目はナイフのように鋭く、いつも赤い。慢性的な寝不足なのだろう。

杉浦は、東京郊外の総合病院に入院している寝たきりの妻を毎日のように見舞っていた。子供に恵まれなかったせいか、それだけ夫婦の絆《きずな》が強いのではないか。

「杉さん、十五分の遅刻だよ」

多門は先に口を開いた。

「悪かった！　調査にちょっと手間取っちまったんだよ。なにしろ、半日で二人の人間の略歴調べをやらなきゃならなかったんでな」

「ご苦労さん！　急がせたんで、謝礼は弾むよ。ま、とりあえず何か飲んでくれないか」

「アイスコーヒーをご馳走にならあ」

杉浦がそう言い、正面に腰かけた。多門はウェイトレスを呼び、杉浦の飲みものをオーダーした。

「まず女社長のことから報告するよ」

ウェイトレスが歩み去ると、杉浦がかたわらに置いてある上着のポケットから手帳を取り出した。多門は、こころもち前屈みになった。

「寺町梢、三十一歳。東京の南青山《みなみあおやま》生まれで、聖和《せいわ》女子大の心理学科を卒業してる。父親は輸入陶器の販売会社を経営し、都内に七棟の貸ビルを所有してるな」

「梢は資産家の娘なんだ。ひとりっ子なの？」

「いや、上に姉さんが二人いる。梢は三人姉妹の末っ子なんだよ」

「そう」

「事業家の父親の血を引いたのか、梢は女子大生のころからイベント企画会社を設立して、いまは英会話教材会社、介護サービス会社、フリースクールの代表取締役だ。毎日、三つのオフィスを回ってるようだな」

「自宅は？」

「神宮前《じんぐうまえ》三丁目にある白い洋風邸宅に住んでる。土地と建物の所有者は父親の名になってるな」

杉浦が言って、手帳をさりげなく閉じた。ウェイトレスがアイスコーヒーを運んできたからだ。会話が中断した。

ウェイトレスが遠のくと、杉浦が上着の内ポケットからパンフレットを引っ張り出した。

「英会話教材会社の宣伝用パンフレットだ。梢の顔写真《ガンクビ》が印刷されてる」

「どんな美女なのかな」

多門はパンフレットを受け取り、すぐに拡《ひろ》げた。寺町梢の写真に目をやる。確かに、色っぽい女だった。ことに唇がセクシーだ。

「色気のある美女だよな」

「杉さんも、そう思うか」

「ああ。それはともかく、クマ、女社長の色香に惑わされんじゃねえぞ。そっちは、女に甘《あめ》えからな。さんざん煮え湯を飲まされたのに、性懲《しょうこ》りもなく女どもに利用されてる」

「杉さん、妬《や》いてるな。図星だろ?」

「ばかやろう。おれは、クマの能天気ぶりに呆《あき》れてんだよ」

杉浦が顔を左右に振って、ストローでアイスコーヒーを吸い上げた。

「おれにとって、女性たちは太陽みたいな存在だからね。苦し紛《まぎ》れに嘘をつく女もかわいいし、おれから金をふんだくる娘《こ》も愛《いと》しいんだよ」

「おめでてえ奴だ」

「なんとでも言ってくれ。杉さんがどんなに呆れたって、おれはすべての女性の味方になりてえんだ」

「好きにしな」

「そうするよ。このパンフレット、貰ってもいいよね？」

「ああ。それじゃ、次は西崎季之の調査報告だ」

「どんな前歴なの？」

「西崎は三十八年前に名古屋市内で生まれた。父親は家具職人で、おふくろさんは競艇場で舟券《ふなけん》売ってた。経済的には、あまり豊かな家庭じゃなかったんだろう。西崎は高校を出ると、すぐに上京して、雑多な職に就いた。アメリカで臨床心理士の資格を取ったという話は、真っ赤な嘘だったよ」

「とんでもない野郎だな。しかし、素人《しろうと》の西崎がなんだって催眠療法なんかやれるんだろうか」

「西崎は二十代の三年間、あるマジシャンの助手をやってたんだよ。そのとき、先生に催眠術のかけ方を教わったんじゃねえのか」

「そうなのかもしれないな」

「西崎は子供のころから超常現象に興味があって、オカルトやサイコの研究をしてきたようなんだ。心理学関係の書物を読み込んで知恵を得たんで、臨床心理士になりすますことができたんだろうな」

「そうなんだろうけど、西崎はよっぽど人を欺《あざむ》くのがうまいんだろう。フリースクールには、サイコ関係のエキスパートが何人もいるわけだから。もっとも昨夜、『磯繁』って居酒屋にいた『アルカ』の同僚たちは西崎に胡散臭さを感じてるみたいだったがな」

多門は言って、また煙草に火を点けた。

「そうそう、西崎には前科《マエ》があったぜ」

「やっぱり、そうか。第一印象で、おれは奴が前科《マエ》持ちじゃないかと感じたんだよ」

「西崎は四年前に新手《あらて》の〝ねずみ講〟で高校生や大学生から二億円近い金を騙《だま》し取って、詐欺容疑で逮捕《パク》られてる。で、府中《ふちゆう》刑務所で一年三カ月の刑期《ツトメ》を済ませたんだ」

「府中の同窓生だったのか。皮肉な巡り合わせだな」

「けど、クマとは違って、西崎の犯行《ヤマ》は下《げ》も下《げ》だ。主に未成年から多額の金を騙し取ったんだからな。被害者の多くは消費者金融から二十万、三十万と借りて、せっせと出資してたらしい。赦《ゆる》せねえ野郎だよ」

「そうだね」

「西崎がどうやって女社長に取り入ったかは不明なんだが、おそらく心理学の専門用語を駆使して騙したんだろう」

「杉さん、西崎の家《ヤサ》はどこにあるの？」

「目黒《めぐろ》だ。マンションを借りてる」

杉浦が住所とマンション名を口にした。多門は、英会話教材会社のパンフレットにメモをした。ついでに、寺町梢の自宅の住所も書き留めた。

「西崎は独身だが、女の出入りは激しいんじゃねえかな」

「おれも、そう思うよ。多分、美人社長とも他人じゃないんだろう。詐欺師の西崎がなんの目的で、『アルカ』に潜《もぐ》り込んだのかな？」

「女社長の銭を狙《ねら》ってるんじゃねえのか」

杉浦が言って、ハイライトをくわえた。

「それだけかな。もしかしたら、西崎はフリースクールを舞台に新手の詐欺を働く気なんじゃないのか？」

「催眠療法を受ければ、たちどころに子供たちは社会に順応《じゅんのう》できるようになるなんて謳《うた》い文句で客寄せしようって魂胆《こんたん》かい？」

「そうなのかもしれないね。誰だって、わが子には愛情を持ってる。子供がちゃんと学校に行けるようになればと、金を注ぎ込むと思うんだ」

「クマ、待てよ。事務長は月謝は三万だと言ってたんだろう？」

「そう言ってたね」

「仮に千人の塾生を集めたところで、三千万だぜ。たいした額じゃない」

「ま、そうだな。西崎が個人的にこっそり内職してるんじゃないのかな、ひとり百万とか取ってさ」

「西崎がそういう方法で荒稼ぎしてたとしても、結城雅志って週刊誌記者が動き出すとは思えないな」

「確かにね。おそらく結城は、もっと大きな悪事を嗅ぎ当てたんだろう」

多門は短くなった煙草の火を消した。

「そうに違《ちげ》えねえよ。だから、結城はゴルフクラブでぶっ叩かれたのさ」

「杉さん、こういうことは考えられないかな？　西崎は塾生たちに催眠術をかけて、何か特別な暗示を与えてた」

「特別な暗示？」

「そう。たとえば、塾生たちの闘争本能を掻《か》き立てるような単語や短い言葉を繰り返し植えつけてたとかさ。サブリミナル効果で、暗示は潜在意識として残るんじゃないの？」

「そいつは疑問だな。トランス状態にあるときは暗示を素直に受け入れるだろうが、催眠術が解けりゃ、潜在意識には何も残らねえはずだ」

「そうか、そうだろうね」

「クマ、何か推測の根拠を押さえたようだな。話してみてくれや」

杉浦が促《うなが》した。

多門は、塾生の中谷直人が一カ月ほど前に深川の路上で三人の通行人に牛刀で斬りつけた事件のことを話した。きのう、ハンバーガーショップの女性従業員から聞いたことも喋った。

「その事件《ヤマ》のことは、よく憶《おぼ》えてらあ。最近、少年による凶行が目立って増えたからな」

「ハンバーガー店の女性従業員の話だと、直人って坊やは危険ドラッグはずっと断《た》ってたらしいんだよ。それから、悪い遊び仲間にも近づいてなかったというんだ。おれは最初、覚醒剤《シャブ》のせいかと思ったんだが、どうもそうじゃないみたいなんだよ」

「その坊やは身柄を少年鑑別所に移されて、家裁の審判待ちのはずだ。しかし、深川署にいる知り合いの刑事に当たりゃ、事件関係の資料は入手できる。ちょっと動いてみるか」

「頼むよ、杉さん」

「おう、任せてくれ」

杉浦が薄い胸を叩き、煙草の火を揉《も》み消した。

「催眠術と幻覚剤の類《たぐい》を使って、マインドコントロールできるかな?」

「そいつは無理だろう。けど、人間の心を操《あやつ》ることは物理的には可能らしいぞ。元CIAの工作員が書いた暴露本には、現にCIAが一種のマインドコントロール剤の試薬まで作ってたと……」

「おれもCIAが情緒不安定な工作員に精神破壊剤を投与して、国家の機密が外部に漏れることを防いでるって話は何かの雑誌で読んだ記憶があるな。しかし、マインドコントロール剤もあったなんて驚きだね」

「その本によれば、マインドコントロール剤を投与されると、著《いちじる》しく思考力が低下し、やがて他者の命令に服従するようになるんだってよ。さすがに詳細には触れていなかったが、超音波で操作されると、アドレナリンの分泌が多くなって攻撃的になったり、逆に無気力になるらしいんだ。アメリカだけじゃなく、ロシア、イギリス、イスラエルの情報機関もその種の薬の開発はしてるというんだよ」

「いささか荒唐無稽《こうとうむけい》な話だが、まったくの絵空事《えそらごと》とは思えないな。そんなマインドコントロール剤があったら、多くの人間に犯罪を代行させることもできるわけだ」

「そうだな。銀行の金も奪えるし、要人たちの暗殺も可能だろう。しかも、実行犯たちは誰が命令を下してるのかわからない。したがって、真犯人は捕まる心配がないわけだ」

「そういうことになるね。しかし、西崎がそんな薬物を手に入れたとは考えられないな」

「いくら何でも、そいつは無理だと思うよ。もし西崎が塾生の心を操作してるんだとしたら、別の方法でやってるんだろう。とにかく、深川の事件《ヤマ》の背景を探《さぐ》ってみらあ」

「よろしく！」

多門は懐から裸の札束を掴み出し、杉浦に二十枚の万札を渡した。

「きょうの調査の謝礼か？」

「そう。二十万円ある」

「クマ、おれを憐《あわ》れんでるのかっ」

「どういうこと？」

「礼が多すぎらあ。たった半日仕事だったんだ。銭《ぜに》は欲しいが、変に同情されたくねえんだよ。女房の入院費がかかるのは事実だが、憐れまれたくねえんだ」

杉浦が硬い表情で言った。

「そいつは考えすぎだよ、杉さん。おれは別にそんなことは、これっぽっちも考えてなかった。寺町梢と西崎季之の二人のことを調べてもらったから、ひとり分十万円として、二十万円を……」

「とにかく、多いな。十万だけ貰うよ」

「それじゃ、直人の事件《ヤマ》に関する情報集めの報酬を十万円先払いで渡しておくよ。杉さん、それなら、気持ちよく受け取ってくれるよね？」

「そういうことなら、受け取らねえこともないが」

「そうしてくれないか。おれは、これから四谷に行く。杉さん、悪かったね。それじゃ、また！」

多門は卓上の伝票を抓《つま》んで、勢いよく立ち上がった。

一刻も早く杉浦と別れたい気持ちだった。彼の経済的な負担を少しでも軽くしてあげたいという思いがあって、ふだんよりも調査の謝礼を多めに渡したのである。

だが、杉浦に安っぽい同情心をあっさり見抜かれてしまった。ひどく恥ずかしかった。

多門はそそくさとカフェを出て、近くのデパートの地下駐車場に急いだ。

数分で着いた。洋酒売場でテネシーウイスキーを買い、レシートを貰う。地下駐車場の係員にレシートを見せれば、二時間まで駐車料金は取られない。

駐車料金を浮かせようとする自分が厭《いや》になる。

多門は決して締まり屋ではなかった。それどころか、浪費家だった。

気に入ったクラブがあれば、ホステスごと店を二百万、三百万円でひと晩借り切ってしまう。

惚《ほ》れた女には、高価な貴金属や洋服も惜《お》しみなくプレゼントしている。

金には不自由していないのに、子供のころは母親と二人で倹《つま》しく暮らしていた。だから、無駄遣いはいけないと思っていたのだろう。

多門は苦笑しながら、ボルボに乗り込んだ。

すぐに四谷に向かう。きのうのハンバーガーショップに入ったのは二時過ぎだった。

「いらっしゃいませ！」

見覚えのある女性従業員がにこやかに言った。多門は彼女に歩み寄って、小声で問いかけた。

「隆君か、玲子ちゃんは店の中にいる？」

「いいえ。二人とも、まだ来てません。でも、そのうち現われると思います。少しお待ちになってみたら？」

相手が言った。

多門は大きくうなずき、アイスコーヒーとダブルバーガーを頼んだ。隅《すみ》の席につき、ダブルバーガーを頬張りはじめた。

隆という十四歳の少年が店に入ってきたのは三時過ぎだった。

女性従業員に紹介され、多門は隆を店の前のベンチに坐らせた。

「後で、ダブルバーガーとコーラを奢《おご》ってやろう」

「刑事さんと話をするのは初めてだよ」

隆が大きな瞳を輝かせた。小柄で、少女のように見える。

「ふつうの学校は、いま、夏休みだよな。それなのに、毎日、真面目に『アルカ』に通ってるんだ？」

「家にいても、つまんないからね。『アルカ』には、いろんなゲームソフトがあるし、話の合う塾生も多いし」

「そうか。それじゃ、本題に入ろう」

多門は、隆のかたわらに腰かけた。

「ふうーっ、よかった」

「よかった？」

「おじさんが目の前に立ってると、なんか圧倒されちゃいそうだったんだ」

「そうだったのか。もっと早くベンチに腰かけるべきだったな。それはそうと、きみは『週刊エッジ』の結城って記者の取材を受けたね？」

「うん。結城さん、誰かにゴルフクラブで殴打されて死んじゃったんだよね。新聞を読んで、ぼく、びっくりしたよ」

「だろうな。こっちは、その事件のことを調べてるんだ」

「そうなの」

「結城記者は、きみにどんなことを訊いたのかな？」

「催眠療法と中谷直人って元塾生のことをいろいろ知りたがってたよ。中谷って先輩は、一カ月ぐらい前に深川で牛刀を振り回して、三人の通行人に怪我を負わせちゃったんだ。刑事さんは当然、その事件のことを知ってるでしょ？」

隆が確かめた。

「もちろん、知ってるよ。きみは、直人って子がなぜ通り魔的な犯行に及んだんだと思う？こちらの情報だと、中谷直人は危険ドラッグをきっぱりやめて、悪い仲間からも遠ざかってたらしいんだ」

「その話は本当だよ。中谷先輩、とっても真面目にやってたんだ。でも、西崎先生の特別治療を受けてから、なんか腑《ふ》抜《ぬ》けになったみたいだったな」

「特別治療というのは？」

「マン・ツー・マンで、西崎先生の催眠療法を受けることだよ。『アルカ』のカウンセリングルームで行なわれたり、合宿先でやったりしてるんだ」

「その特別治療を受けた塾生は、何人ぐらいいるの？」

「正確な数は知らないけど、三十人ぐらいはいるんじゃないかな。全員、十六か十七の男ばかりだよ。元非行少年《ヤンキー》が大半で、ほかは危険ドラッグ中毒や家庭内暴力なんかで親を泣かせてた先輩だね」

「その連中は、いまも『アルカ』に通ってるのかな？」

「ううん、みんな、来なくなっちゃったよ。西崎先生は、そんな先輩たちのことをもう見放したようなことを言ってた。真剣に特別治療をしてやったのに裏切られた、とか何とか言ってたな。先生の話だと、先輩たちは元の生活に戻っちゃったというんだ。でもぼくは、なんか納得できないんだよね」

「なぜだい？」

多門は訊いた。

「だってさ、ほとんどの先輩が懸命に真っ当な生き方をしようと努力してたんだよ。なのに、急にだれちゃうなんておかしいでしょ？」

「そうだな」

「その話を結城さんにしたら、先輩たちは特別治療のときに何かされたのかもしれないと言ってた」

「何かって、何だろう？」

「結城さん、それ以上は何も言わなかったんだ。でも、西崎先生のことを少し調べてみるって言ってたよ」

「そう。きみは玲子ちゃんを知ってるよな？」

「うん、よく知ってるよ。玲子ちゃん、英語ペラペラなんだ。だから、ぼく、英語を教わってるんだよ。なかなか発音がよくならないけどね」

「玲子ちゃんも、結城記者の取材を受けたんだって？」

「うん、そう言ってた。ぼくと同じように西崎先生と中谷直人先輩のことを訊かれたらしいよ」

「そうか。玲子ちゃんは、きょう、フリースクールに出席した？」

「ううん、来なかったよ。玲子ちゃん、きょうから家族と一緒に西伊豆《にしいず》の別荘に行ったんだ。十日ぐらい向こうにいるんだと言ってた」

隆が答えた。

「それじゃ、この店で待ってても無駄だな」

「そうだね」

「よし、きみに何かご馳走しよう」

多門は隆の肩を叩いて、先に立ち上がった。隆も腰を浮かせた。

西崎を張ることにした。多門は隆と一緒にハンバーガーショップの中に戻った。

第三章　連続通り魔殺人

1

見通しは悪くない。

雑居ビルの表玄関も地下駐車場の出入口も、よく見える。夕闇が漂いはじめていた。あと数分で、午後七時だ。

多門はボルボＸＣ40の中で張り込んでいた。

車は雑居ビルの斜め前に駐《と》めてある。『アルカ』の塾生は、もうとっくに帰宅してしまった。何人かのスタッフも家路についた。だが、西崎はまだ職場にいるはずだ。

多門は辛抱《しんぼう》強く待ちつづけた。

張り込みは自分との闘いだ。焦《じ》れたら、ろくな結果は招かない。一本釣りの漁師のように、ひたすら獲物を待つ。それが最良の方策だった。

多門はひっきりなしに紫煙をくゆらせながら、西崎が現われるのを待ちつづけた。

スマートフォンが鳴ったのは七時半ごろだった。

「クマ、おれだよ」

発信者は杉浦だった。

「深川署の知り合いの刑事から、何か手がかりを得たようだね」

「ああ、収穫はあったぜ。中谷直人って坊やは逮捕《パク》られたとき、しきりに耳の中に指を突っ込んでたらしいんだよ。で、署員が直人の耳の奥に懐中電灯の光を当てたら、マイクロチップのような物が埋まってたそうだ」

「それは何なの？」

「科警研の鑑定によると、そいつは超音波受信装置なんじゃねえかってことだったらしいんだよ」

「杉さん、中谷直人は誰かに超音波によって、操られてたってこと？」

「その疑いはありそうだな。これは科警研の技官に電話で教えてもらったことなんだが、毎秒千六百サイクル以上の耳に聞こえない超音波で何かを指令されると、そのメッセージは脳に伝わるんだとよ」

「要するに、直人は超音波で殺人指令を受けてたのかもしれないのか」

「そう。しかし、直人って坊主は三人の通行人を牛刀で傷つけただけで、誰も殺すことはできなかった。遠隔操作殺人計画は失敗に終わったわけだ」

「被害者の三人と直人には、なんの利害関係もなかったんだね？」

「ああ、接点は何もなかった。だから、坊やが誰かに殺人ロボットにされそうになったと考えてもいいだろうな」

「直人を操った奴は、衝動殺人に見せかけて誰かを殺《や》らせたかったようだな。杉さん、三人の被害者から殺人指令を下した人物を割り出せるんじゃないの？」

多門は言った。

「おれもそう思ったんで、牛刀で直人に斬られた三人のことを調べてみたんだ。そうしたら、いちばん大怪我を負わされた江森進《えもりすすむ》って二十三歳の会社員の実弟が五カ月前に殺人未遂事件を起こしてることがわかったんだよ。その弟は健次《けんじ》という名で、事件当時、十八歳のニートだったんだ。健次は電車内でスマホを使ってて、蔵本正太郎《くらもとしょうたろう》という六十二歳の男に注意されたらしいんだよ。江森健次はそれを逆恨《さかうら》みし、蔵本を次の駅でホームに引きずり下ろして、持っていたフォールディング・ナイフで腹部を刺しちまったんだ。健次は、まだ少年院に入ってるって話だったよ」

「刺された蔵本っておっさんが、犯人の兄貴に仕返しする気になったのか」

「その可能性はあると思ったんで、実は蔵本の自宅に深川署の刑事を装《よそお》って電話をしてみたんだよ」

「さすがは元刑事だな。杉さん、やることが速いね。で、どうだったのかな。その蔵本って男と西崎に何か繋《つな》がりはあったの？」

「いや、接点は何もなかったんだ。それから、蔵本は『アルカ』の女社長のこともまったく知らないようだったな」

「そう。健次って小僧は別のことで、誰かに迷惑をかけたことがあるんじゃないのかな。で、そいつが健次に仕返しできなくなったんで、兄貴の進を殺す気になった。杉さん、そういう推測もできるよね？」

「ああ。おれは、もう少し江森健次の過去を洗ってみらあ。何かわかったら、すぐに連絡するよ」

杉浦が先に電話を切った。

多門はスマートフォンを懐に戻した。そのすぐ後、雑居ビルの地下駐車場からドルフィンカラーのＢＭＷが走り出てきた。５シリーズだ。ステアリングを握っているのは西崎季之だった。

やっと出てきたか。

多門は上体を反らした。

BMWは表通りに出て、新宿通りを突っ切った。神宮外苑を回り込み、神宮前方面に走っている。神宮前三丁目には、寺町梢の自宅がある。西崎は、セクシーな美人社長の家を訪れるつもりなのだろう。

多門は細心の注意を払いながら、BMWを尾行しつづけた。

やがて、西崎の車は白い洋風の邸宅の生垣《いけがき》に寄せられた。多門はBMWの数十メートル後方にボルボを駐め、すぐにヘッドライトを消した。エンジンも切る。

西崎が車を降り、勝手に洋風邸宅の門扉《もんぴ》を潜《くぐ》った。

多門は一服してから、ボルボから出た。洋風邸宅に歩み寄り、門柱の表札を見る。やはり、梢の自宅だった。すでに西崎の姿は見当たらなかった。

テラスには、居間の灯りが零《こぼ》れている。白いレースのカーテンの向こうには誰もいない。梢と西崎は別の部屋にいるのだろう。

多門は屈《かが》み込み、路上から潰《つぶ》れたジュースの空缶《あきかん》を拾い上げた。

周囲に目を配ってから、生垣越しにアルミ缶を庭に投げ込んだ。アルミ缶が芝生の上に落ちた音が小さく聞こえたが、警報アラームは鳴らなかった。

建物の周りに防犯センサーは設置されていないようだ。邸内に押し入って、西崎を締め上げることはできそうだった。

侵入できるとなれば、何も慌《あわ》てることはない。もう少し経ってから、忍び込むことにした。

多門はボルボの中に戻り、ロングピースをくわえた。火を点けようとしたとき、スマートフォンに着信があった。

「クマさん、元気？」

発信者は中里亜弓《なかざとあゆみ》だった。女友達のひとりである。亜弓は二十六歳で、腕のいいエステティシャンだ。麻布十番《あざぶじゅうばん》に住んでいる。

「昨夜、亜弓ちゃんの夢を見たんだ」

「どんな夢だったの？」

「えーと、内容は……」

多門は言葉に詰まった。夢の話は嘘だった。

「本当は、わたしの夢なんか見てないんでしょ？」

「見たことは見たんだが、性夢だったんだよ」

「なんか焦《あせ》ってる感じね。安心して、これ以上いじめたりしないから。ね、忙しいの？」

「いまはちょっとな。けど、遅い時間でもよけりゃ、亜弓ちゃんの部屋に行けるよ」

「来てくれる？　きょうね、お店で少し厭《いや》なことがあったの」

「何があったんだ？」

「高慢なお客さんとちょっとトラブルがあったんだけど、その彼女、わざわざ会社《うち》の社長にクレームの電話をかけたの。それで、わたしは来月から別の店に移らされることになっちゃったのよ」

「降格されるのか？」

「ううん、副店長のまま別の店に移るだけ。でも、いまのお店のスタッフたちとはうまくチームワークが取れてたの。だから、なんかショックでね」

「後で、たっぷり亜弓ちゃんの愚痴《ぐち》を聞いてやるよ」

多門はそう言い、通話を切り上げた。ほとんど同時に、着信音が響きはじめた。

電話をかけてきたのは結城真奈美だった。多門は、これまでの経過をかいつまんで話した。

「そうすると、わたしの従兄は中谷直人という少年を巧《たく》みにマインドコントロールしてた疑いのある西崎に撲殺されたことになるの？」

「まだそこまでは言い切れないんだが、西崎が真奈美ちゃんの従兄の事件に関与してると考えてもいいと思うよ。実は、これから西崎を押さえて口を割らせるつもりなんだ」

「クマさん、あまり無茶なことはしないでね」

「わかってるよ」

「その後、杉並署の刑事さんたちは？」

「尾行されてる様子はないな」

「よかった」

「本通夜だよな、きょうは」

「ええ。大勢の弔問客が来てくれて……」

真奈美の語尾がくぐもった。

「そう遠くないうちに、必ず犯人を割り出すよ。そうすりゃ、きみの従兄も成仏《じょうぶつ》できるだろう」

「いろいろ大変だろうけど、よろしくお願いします」

「ああ」

多門は通話を切り上げ、マナーモードにした。梢の自宅に忍び込んだとき、着信音を響かせるわけにはいかない。

多門は静かにボルボを降り、寺町邸に向かった。

邸宅の前を一往復してから、素早く門扉を通り抜けた。中腰で洋風住宅に接近し、裏手に回る。すぐ近くに浴室があった。

男女の話し声が低く洩《も》れてくる。湯の弾《はじ》ける音も聞こえた。どうやら梢と西崎は一緒にシャワーを浴びているらしい。

少し経つと、シャワーの音が熄《や》んだ。

代わりに、唇を吸い合う音が生々しく伝わってきた。喘《あえ》ぎ声や嬌声《きようせい》も、多門の耳に届いた。

「あっ、駄目よ。そんなことされたら、感じちゃうわ」

女が息を弾ませながら、切なげに言った。

「感じさせたいんですよ、ここで」

「いけない男性《ひと》ね。西崎さん、もう立っていられないわ」

「なら、洗い場のタイルに仰向《あおむ》けになってください」

「そんな喋《しやべ》り方しないで」

「でも、あなたは社長だからね」

「二人っきりのときは梢って呼んで、と何度も言ったでしょ？」

「そうだったな。それじゃ、梢と呼ばせてもらおう。きみも、わたしを季之と呼んでくれないか」

「ええ」

急に会話が途切れた。梢と西崎は、ふたたび唇を重ねたのだろう。

梢さん、早く目を覚ませ。西崎は、とんでもない詐欺野郎なんだ。多門は心の中で叫んだ。

浴室の窓ガラスをぶち破りたい衝動に駆られた。

二人が浴室を出る気配が伝わってきた。寝室に向かったのだろう。

多門は足音を殺しながら、建物に沿って歩きはじめた。反対側に回り込むと、キッチンがあった。多門はドアに近づき、大きな手でノブを摑んだ。ロックされていた。

ノブをしっかりと握り込み、上下左右に動かす。いくらも経たないうちに、ノブの内部の芯棒が折れた。多門はドアに耳を押し当てた。誰かが近づいてくる物音はしない。多門はノブを強く押し下げた。内側のフックが外れた。

多門はにんまりして、キッチンのドアをそっと引いた。

かすかな軋《きし》み音がしたが、家の主も西崎も騒ぎ立てる様子はない。多門は土足のまま、キッチンの床に上がった。ダイニングルームに移り、中廊下に出る。

多門は爪先に重心を掛けながら、抜き足で歩いた。

奥の浴室の横に寝室と思われる洋室があった。ドアは閉ざされていたが、男の息《いき》むような声と女性の猥《みだ》らな呻き声が洩れてくる。

多門はノブに手を掛けた。

なんの抵抗もなく回った。多門はドア・ノブを静かに引いた。

ダブルベッドの上に、全裸の男女がいた。梢と西崎だ。西崎は梢の股間に顔を埋め、舌を閃《ひらめ》かせていた。

十二畳ほどの寝室には、電灯が煌々《こうこう》と灯っている。仰向けに横たわった梢の裸身は眩《まばゆ》かった。

「お娯《たの》しみは、そこまでだ」

多門は大声で言った。ベッドの二人が同時に驚きの声をあげ、すぐに離れた。

梢が寝具の下に潜《もぐ》り込んだ。西崎が股間を手で隠し、膝立ちの姿勢で声を張った。

「どっから入ったんだっ」

「台所から入らせてもらった」

「あんたは、きのう『アルカ』の事務室の前で会った男だな？」

「記憶力は悪くないようだな」

多門はダブルベッドに近寄った。

「あんた、何者なんだ？」

「府中の同窓生だよ」

「えっ」

「喰らった時期が違うんで、刑務所《ムショ》では一緒にならなかったがな」

「誰かと間違えてるらしいな」

西崎が視線を外して、早口で言った。

「空《そら》とぼけても無駄だ。おれは、そっちが四年ほど前に一年数カ月服役したことを知ってる。詐欺罪でな。そっちは高校生や大学生を相手に新手の〝ねずみ講〟をやって、二億円近く騙し取った、そうだな？」

「わたしに前科などないっ」

「ま、いいさ。じっくり話し合おうじゃないか。とりあえず、トランクスを穿《は》きな。汚《きたね》えペニスなんか見たくねえからな」

多門は顎をしゃくった。西崎がベッドを降り、トランクスとチノクロスパンツを穿く。

「いま、あなたが言ってたことは事実なの？」

梢が震え声で多門に話しかけてきた。

「ああ、嘘じゃない。そっちは西崎にまんまと騙されたんだよ。西崎はアメリカで臨床心理士の資格を取得したと言ってるようだが、そんなライセンスは持っちゃいないんだ」

「えっ、嘘でしょ!?　だって、西崎さんは心理学の知識も豊富だし、催眠療法のベテランなんですよ」

「独学で心理学の勉強をしたんだろうな。西崎は二十代のころ、あるマジシャンの弟子だったんだよ。おおかた催眠術のかけ方は、そのときにマスターしたんだろう」

「ま、まさか!?」

「西崎に直《じか》に確かめてみなよ」

多門は梢に言って、西崎に顔を向けた。

一瞬、身が竦《すく》んだ。西崎は右手に自動拳銃を握り締めていた。デトニクスだ。アメリカ製のポケットピストルだが、四十五口径だった。侮《あなど》れない。

「やっぱり、素《す》っ堅気《かたぎ》じゃなかったな。サイレンサーなしで、本気でぶっ放す気かっ。派手な銃声がしたら、五、六分でパトカーが駆けつけるぜ」

「両手を高く掲《かか》げて、ゆっくり膝をつくんだ」

「撃《ハジ》く度胸があるんなら、引き金を絞りな」

「早く膝を落とせ！」

「わかったよ」

多門は言われた通りにした。

西崎が屈《かが》んで、自分の縞柄《しまがら》のワイシャツと上着を左手で掴み上げた。

「季之さん、説明して。あなた、わたしに嘘をついてたの？」

梢が西崎に詰問した。

「そこの大男が言ったことは全部、でたらめだよ。わたしは、ちゃんとアメリカで臨床心理士の資格を取得した。わたしが『アルカ』の仕事を手伝う前に、きみにはライセンスを見せたじゃないか」

「ええ、見せてもらったわ。でも、あの免許証が本物だったという保証は……」

「きみは、このわたしを疑ってるのかっ」

「そういうわけではないけど、西崎さんの前歴には謎の部分もあるので」

「きみの気持ちはよくわかった！」

西崎が額に青筋を立て、梢に駆け寄った。デトニクスの銃口が梢のこめかみに押し当てられた。梢が短い悲鳴をあげる。

「西崎、何を考えてるんだっ」

思わず多門は立ち上がった。ベッドを回り込みそうになった。

「動くな。おれに一歩でも近づいたら、この女の頭を吹っ飛ばすぞ」

「てめえ、本気で言ってやがるのか」

「もちろん、本気さ。おい、床に腹這《ば》いになれ！」

西崎が喚《わめ》いた。

多門は西崎との距離を目で測《はか》った。三メートル以上も離れている。ベッドにダイビングしても、タックルはできないだろう。その前に梢が撃たれてしまったら、元も子もない。

「くそったれが！」

多門は忌々《いまいま》しかったが、床に腹這いになった。

「パンティーを穿いて、夜着《ナイティー》を羽織《はお》れ」

西崎が梢をベッドから引きずり出した。

「わたしをどうする気なの？」

「おれが逃げるまで人質になってもらう」

「なぜ、逃げる必要があるの？　あなた、やっぱり何か後ろ暗い気持ちがあるのね。そうなんでしょ？」

「早く言われた通りにするんだっ。おれを苛《いら》つかせると、ここで撃ち殺すぞ」

「やめて、撃たないで。まだ死にたくないわ」

「だったら、早くしろ！」

「ええ、いますぐに」

梢が後ろ向きになって、真珠色のパンティーを穿いた。それから彼女は、光沢のあるアイボリーのナイティーを素肌にまとった。

「パンティーストッキングで大男の両手首を縛り上げるんだ」

西崎が梢に命じた。

梢は渋々、命令に従った。だが、縛《いまし》めは緩《ゆる》めだった。

「西崎、てめえが『週刊エッジ』の結城雅志をゴルフクラブでぶっ叩いたんじゃねえのかっ」

多門は声を張った。

「なんの話をしてるんだ？」

「とぼけやがって。てめえは特別治療と称して、キレやすい塾生たち約三十人に薬物か何か投与して思考力を奪ったんじゃないのか。それで超音波を使って、そいつらを自在に操ろうとしてるんだろうが！　中谷直人って坊やは、殺人指令を全《まっと》うできなかったがな」

「何わけのわからないことを言ってるんだっ」

西崎が梢の手を引き、つかつかと歩み寄ってきた。多門は体をスピンさせ、横蹴りを放った。しかし、躱《かわ》されてしまった。

西崎が片膝を落とした。

次の瞬間、多門は後頭部に激痛を覚えた。銃把《グリップ》の底で強打されたのである。

「殺されずに済んだだけでも、ありがたく思え」

西崎が多門に言い捨て、勢いよく立ち上がった。デトニクスの銃口は、すぐに梢に向けられた。

「西崎さん、あなたの正体を教えてちょうだい」

「うるさい。一緒に来るんだっ」

西崎が梢の片腕を摑んで、寝室を飛び出した。二人の足音は玄関に向かった。

多門は肩と膝を使って、なんとか身を起こした。両手首に力を込めると、パンティーストッキングはほどけた。

多門は寝室を出て、玄関に走った。

表に走り出ると、路上に梢が茫然《ぼうぜん》と立ち尽くしていた。西崎のBMWはすでに走り去って、テイルランプも見えなかった。

2

梢と目が合った。

多門は美人社長に歩み寄った。

「怪我はないか？」

「ええ、大丈夫です。あなたこそ、頭を強打されたから……」

「瘤《こぶ》ができただけだ。どうってことはない」

「あなたは何者なんです？」

「気取った言い方すりゃ、トラブルシューターってやつだな。ま、探偵みたいなもんだよ。そっちに訊きたいことがあるんだが、協力してもらえるか？」

「ええ。わたしも西崎のことを知りたいの。こんな恰好《かっこう》だから、家の中に入りましょう」

梢が先に邸内に入った。多門も門扉を潜り抜けた。

「ここで、お待ちになってて。ちょっと着替えてきますので」

梢が居間の重厚な扉を押し開け、小走りに寝室に向かった。

多門は居間に入った。二十五畳ほどの広さで、総革張りのリビングセットが置かれている。色はカナリアンイエローだった。観葉植物のグリーンとの配色が目に鮮やかだ。

リビングボードには、手の込んだ浮き彫り《レリーフ》が施《ほどこ》されていた。シャンデリアも安物ではなかった。バカラだろうか。

多門は深々としたソファに腰かけ、ゆったりと煙草を吹かした。

一服し終えて間もなく、白っぽいホームドレス姿の梢が居間に入ってきた。薄く化粧をしていた。やや肉厚な赤い唇が妙になまめかしかった。

「お待たせして、ごめんなさいね」

梢がそう言い、長椅子に浅く坐った。多門と向き合う位置だった。

「無断で家に侵入したことを謝らなきゃな。それから、キッチンのごみ出し口のドア・ノブも壊してしまった。勘弁してくれ。なんなら、弁償するよ」

「それは気にしないで。それより、あなたがさっき寝室でおっしゃってたことを詳しく教えてほしいんです」

「何から話せばいい？」

「まず西崎季之の経歴から教えてください」

「奴は三十八年前に名古屋で生まれた。父親は家具職人だ」

「えっ、外交官じゃないんですか!? 彼、わたしにはそう言ってたんです」

「つい見栄を張る気になったんだろうな。西崎は高校を出ると、すぐに上京した。それから職を転々としたようだが、そのあたりのことははっきり摑んでないんだ」

「そうですか。彼があるマジシャンの弟子をやってたと言っていましたが……」

「ああ、二十代のころに三年間な。そのころ、催眠術をマスターしたんだろう。その後、西崎はバーテンダーなんかをやってたようだが、そのあたりのことも正確にはわからねえんだ。けど、奴が四年ぐらい前に詐欺罪で捕まって実刑を喰らったことは確かだよ。元警察関係者が調べてくれたんでな」

「彼は、わたしに嘘ばかり言ってたのね」

「そうなんだろうな。アメリカで臨床心理士の資格を取得したって話も大嘘だと思うよ」

多門は言った。

「わたし、人を見る目がないのね。西崎の話をそっくり信用してしまったんですから」

「奴はイケメンで、ちょっと悪党《ワル》っぽいからな。女たちは、そういうタイプの野郎に弱いんだろう。奴とは、どこで知り合ったんだ？」

「銀座にあるカクテルバーです。その店は落ち着いた雰囲気で、大人の客が多いんですよ。それも、ひとりで飲みに来る男と女がね」

「そのカクテルバーで何度か顔を合わせてるうちに、ごく自然に二人は口をきくようになった。そして、いつしか恋人同士になってた。そうなんだろう？」

「ええ、その通りです。でも、いま考えてみると、彼は何か目的があって、計画的にわたしに近づいてきたのかもしれません」

「そう思った理由は？」

「初めて会話を交わしたとき、西崎はわたしが『アルカ』の主宰者だということをすでに知ってるようで、学校生活に馴染《なじ》めない中・高校生たちのことを話題にしたんです。それから彼は、自分が臨床心理士の資格を持ってると明かして、催眠療法の有効性を熱っぽく語りはじめたんですよ」

「おそらく西崎は最初っから、そっちに取り入るつもりだったんだろう」

「そうだったようですね。二度目にお喋りをしたとき、西崎はある心理研究所を辞めて目下《もっか》、職探しをしていると言ったんです。それで、『アルカ』で働かないかと誘ってしまったの。そのときは、もう彼に惹《ひ》かれていたので……」

梢が、きまり悪そうに言った。

「そうして西崎はまんまと『アルカ』のスタッフになって、催眠療法の責任者になったわけだ」

「ええ。わたし、軽率でした。それはそうと、西崎が塾生たちを超音波か何かで洗脳めいたことをしてた疑いがあるとかおっしゃっていましたよね？」

「ああ。西崎は一カ月あまり前に深川の路上で牛刀を振り回して三人の通行人に重軽傷を負わせた中谷直人の特別治療をしたとき、何かでマインドコントロールしたようなんだ。危険ドラッグをやめて真面目な生活をしてた直人が急に腑抜け状態になったという証言があるんだよ。それから、犯行を唆《そそのか》した疑いも濃厚なんだ」

「何か根拠があるんですか？」

「ああ、根拠はある。直人の耳の奥にマイクロチップ型の超音波受信装置が埋まってたんだよ」

「西崎が超音波を使って、中谷直人君をけしかけたと？」

「そうなんだろうな」

「深川の事件の被害者たちの誰かが西崎に恨まれてたのかしら？」

「こっちも最初はそう思ったんだが、三人の被害者と西崎には接点がなかったんだ。一面識もないようなんだよ。したがって、個人的な怨恨《えんこん》とか利害の対立はなかったわけだ」

「そうなら、彼が中谷君を唆したという推論は成立しないんではありません？」

「とは言い切れないな。西崎と三人の被害者の誰かとの間に、間接的な確執《かくしつ》や利害の対立があったのかもしれない。そのあたりのことを知り合いの元刑事に調べてもらってるんだ」

多門は言って、ロングピースをくわえた。

「そうなんですか。それから、あなたは西崎がゴルフクラブで何とかとおっしゃる週刊誌記者を殴打したのではないかとも言ってましたでしょう？」

梢が確かめる口調で言った。

多門はゴルフクラブ撲殺事件のことを詳しく話した。梢は、新聞報道で事件のことを知っていた。

「こっちは、西崎が結城雅志を襲ったんじゃないかと思ってる。犯行の動機は、中谷直人をけしかけて深川の事件を起こさせた証拠を記者の結城に握られたからだろうな」

「待ってください。事件当夜、西崎は午後七時半ごろ、わたしに電話をかけてきたの。そのとき、彼は例の銀座のカクテルバーのそばにいると言ってました。犯行現場の杉並と銀座はだいぶ離れてるわ」

「そっちは西崎にはアリバイがあると言いたいんだろうが、奴が七時半ごろ、確かに銀座にいたという証言者がいるわけじゃないんだろう？」

「ええ、それはいません」

「となれば、西崎のアリバイは成立しないわけだ」

「そういうことになりますね」

「西崎は直人のほかにも、三十人ぐらいの塾生に特別治療をしたそうじゃないか」

「中谷君のほかには二十八人です」

「その連中は、キレやすいタイプだったらしいな」

「誰から、それを聞かれたんです？」

「情報提供者の名前は言えないな。で、どうなんだ？」

「確かに粗暴な塾生ばかりでしたね」

「そいつらは特別治療を受けてから、『アルカ』には顔を出さなくなったらしいな。それは、事実なのか？」

「ええ」

「その二十八人の塾生の名前と連絡先を教えてほしいんだ」

「それはかまいませんけど、どの子も自宅にはいないと思います。わたし、その子たちが休んでいるという報告を受けて、横尾という事務長に各家庭に問い合わせの電話をかけさせたんですよ。そうしたら、家出したらしいとか旅行に出かけてるとかで、二十八人とも自宅にはいなかったんです」

「全員が親の家にいなかったって!?」

多門は驚きを隠さなかった。

「はい。そのことを西崎に言いましたら、彼は少しも驚きませんでした。特別治療で徹底的に自分の内面を見つめろと教え込んだので、それぞれが模索の旅に出たんだろうと……」

「不自然だな、そんな話は。あんただって、おかしいと思ったんじゃないのか」

「ええ。でも、彼の機嫌を損《そこ》ねたくなかったので、その話は打ち切ってしまったの」

「塾生の名簿に、その二十八人の名と連絡先は載ってるよな？」

「ええ」

「それじゃ、名簿を貸してくれないか。それで、二十八人の名前の横に何か印をつけてもらえると、ありがたいな」

「わかりました。名簿を持ってきます」

梢が立ち上がり、居間から出ていった。多門は、また煙草に火を点けた。

ロングピースがだいぶ短くなったころ、梢が戻ってきた。

多門は、差し出された名簿を受け取った。西崎の特別治療を受けた二十八人の塾生の氏名は黄緑色《きみどりいろ》の蛍光インクで塗り潰されていた。

「わざわざマーカーで、該当者のところを塗ってくれたんだな。これなら、ひと目でわかる。助かるよ。ありがとう」

「いいえ、どういたしまして」

「ところで、西崎の身内が何か事件の被害者になったという話を聞いたことは？」

「そういう話は一度も聞いたことありません。だいたいからして、彼は自分の身内のことはめったに話さなかったの」

「そうなのか」

「ただ、いつか彼、日本の法律は犯罪加害者に甘すぎるという意味のことを言ったことがあります」

「奴が府中刑務所で、過分《かぶん》なもてなしを受けたとも思えないがな」

「くどいようですけど、西崎が詐欺罪で服役したという話は事実なんですよね？」

梢が確かめる。

「そいつは間違いないよ」

「やっぱり、そうなの。前科があるようには思えませんでしたけどね。でも、服役したことがあるから、あんな話もしたのかもしれません」

「あんな話？」

「西崎は、犯罪加害者に対して国は莫大な税金を遣《つか》ってると言ってたんです。えーと、確か総額で百億円を超えてると言っていました」

「その数字が正しいのかどうかわからないが、加害者には国選弁護人がつくし、警察の留置場、拘置所、刑務所にいる間は一日三食与えられ、被服費もかからない。怪我したり病気になれば、国の税金から医療費を払ってもらえる。自由がなくなることを除けば、いいことずくめだ」

「そうですね。それに引き換え、被害者側は損なことばかりだと言ってました。たとえば、通り魔殺人に遭《あ》っても、息を引き取るまでの治療費を病院から請求されるし、弁護士を雇う場合は自己負担だと」

「その通りだな。加害者が少年の場合は人権の尊重ということで、マスコミは原則として氏名や顔写真を公表しない。けど、被害者は常に実名で報道され、写真も新聞やテレビに出される」

「ええ」

「犯罪被害者等給付金制度があって、殺人事件の遺族とか犯罪で重い障害を負った人たちに国が見舞金を出すようになったが、その平均額は四百万円弱だったはずだ。それだって、すんなり貰えるわけじゃない」

「ええ、そうでしょうね。別の公的な見舞金を貰った者、労災や自賠責保険などが適用された人たちも国から給付金は貰えないいんでしょ？」

「そうなんだってな。それから、加害者から賠償された場合も除外されるはずだったんじゃないか？」

「そうです。国から見舞金が出るのは犯罪で亡くなった方や重い障害を負った人たちだけで、ふつうの重傷者には一円も支払われないいんですよね？」

「ああ。確かに被害者側のほうが不利というか、明らかに損をしてるな。前科持ちの西崎が犯罪被害者側に肩入れしてるんだとしたら、誰か大切に想ってる人間が凶悪事件に巻き込まれて、命を落としたのかもしれない」

多門は言った。

「そうなんでしょうか。それにしても、西崎が逃げたい一心から、わたしに銃口を向けてきたときはショックだったわ。でも、あれでいっぺんに気持ちが冷めました」

「あんな野郎のことは早く忘れたほうがいい。奴は図々《ずうずう》しくそっちの前に顔を出すかもしれないが、突き放すべきだろうな」

「もちろん、そうします」

「西崎にだいぶ貢《みつ》いだんじゃないのか？」

「ＢＭＷを購入するとき、頭金の三百万円を出世払いで用立ててあげました。ほかに金銭的な負担はしてません」

「被害がその程度でよかったな。下手したら、そっちは奴に財産を奪われてたかもしれないんだ」

「いい勉強になりました。それはそうと、わたしと西崎の関係を誰にも言わないでくださいね。つまらないスキャンダルで、事業家としての信用を失いたくないんです」

「そりゃそうだよな」

「いくら差し上げれば、よろしいんでしょう？」

梢が探るような眼差しを向けてきた。

「おれをそのへんのごろつきと一緒にしないでくれ。女性から銭を脅し取る気なんかないよ。見損なわないでほしいな。こっちが寝室で見たことは誰にも言わないよ」

「そうおっしゃられても、わたし、とても不安なんです。といって、まさか体で口止め料を払うわけにもいかないでしょ？」

「口止め料はともかく、おれと寝ることで、あんたが安心できるって言うんだったら、別に協力は惜しまないよ」

「ほんとに協力してくれます？」

「ああ、いいよ。けど、さっきの寝室は勘弁してもらいたいな」

「それほど無神経ではありません。二階にシャワールーム付きの客間があるんです。そこに、ご案内します」

「それじゃ、協力させてもらおう」

多門はソファから腰を浮かせた。梢が艶然《えんぜん》とほほえみ、優美に立ち上がった。

据《す》え膳《ぜん》を喰わなければ、女性に恥をかかせることになる。そんな惨《むご》いことはできない。

多門は梢の肩に腕を回した。

3

分身を呑まれた。

梢の舌が亀頭に粘《ねば》っこくまとわりついた。多門は客間のセミダブルのベッドに大の字になっていた。裸の梢は、多門の股の間にうずくまっている。

高く突き出した張りのあるヒップは水蜜桃《すいみつとう》を連想させた。腰の曲線も美しい。豊かな乳房は重たげだ。

多門は、すでに二度ベッドパートナーをエクスタシーに押し上げていた。極みに達すると、梢は憚《はばか》りのない声をあげ、幾度も裸身を胎児のように丸めた。

二度目の絶頂を全身で味わい尽くすと、彼女は多門の昂《たか》まりに顔を寄せたのである。その動きは速かった。

梢の舌がリズミカルに閃《ひらめ》きはじめた。

多門は蕩《とろ》けるような快感に包まれた。頭の芯《しん》が霞《かす》みそうだった。

五分ほど経つと、不意に梢が上体を起こした。

「わたしも感じてきちゃった。早く一つになりたいわ」

「おれもだよ」

多門は上半身を起こし、体を横にずらした。

と、梢がシーツに四つん這いになった。多門は梢の後方に膝を落とし、秘めやかな場所に指先を伸ばした。

合わせ目は、熱い愛液をにじませていた。肉の芽は痼《しこ》って、包皮を大きく後退させている。芯の塊は生ゴムのような感触だ。

多門は膨《ふく》らみきったペニスを徐々に沈めた。深く押し入ると、梢が短い呻きを洩らした。背も大きく反らす。

多門は右手をクリトリスに進め、左手で乳房を包み込んだ。
七、八分経つと、梢が悦《よろこ》びの声を高く響かせた。迸《ほとばし》った声は唸りに近かった。梢は高く低く唸りながら、断続的に体を硬直させた。
多門の分身は強く締めつけられていた。無数の襞《ひだ》が吸いついてくる。心地よかった。

「このまま、死んでもいいわ」

梢が言って、腰をくねらせはじめた。

多門は突きまくった。腰に捻《ひね》りも加えた。

二分ほど経過すると、またもや梢が極みに駆け上がった。

ワンテンポ遅れて、多門は勢いよく放った。射精感は鋭かった。ほんの一瞬だったが、頭の芯が痺《しび》れた。二人は結合したまま、しばらく動かなかった。

やがて、梢の震えが熄《や》んだ。多門はそっと離れ、ティッシュペーパーの束《たば》を梢の股間に当てた。

「最高だったわ」

梢が満ち足りた顔で言い、横向きになった。

多門は添い寝をする形をとり、梢を横抱きにした。梢の乳首は、まだ尖ったままだった。

「これで、少しは安心したかな?」

多門は問いかけた。

「ええ。あなたは、わたしを困らせるようなことはしないだろうと確信できたわ」

「その点は、おれを信じてくれ。そっちと西崎のことは、絶対に誰にも言わないよ」

「ありがとう。あなたのおかげで、西崎のことはふっ切れそうだわ」

梢が言った。

「そいつはよかった」

「西崎が何か悪いことをしてるんだったら、あの男を刑務所に送ってやりたいわ。だから、協力は惜しまないつもりよ」

「それは心強いな」

「ね、今夜はこのまま泊まって」

「そうしたいところだが、今夜は遠慮しておこう。これから、西崎のマンションに行かなきゃならないからな」

「彼、警戒して、今夜はホテルかどこかに泊まるつもりなんじゃない？」

「ああ、多分ね。それでも、一応、奴のマンションに行ってみたいんだ」

多門は静かにベッドを離れ、シャワールームに入った。

備えつけのボディーソープで体を洗い、バスタオルで湯滴《ゆてき》を拭《ぬぐ》った。梢はベッドに俯《うつぶ》せになっていた。

「腰が痺れた感じなの。でも、起きます」

「そのままでいいんだ。おれは勝手に失礼するよ」

多門は身を起こしかけた梢を手で制し、急いで衣服をまとった。塾生名簿を丸めたとき、梢が口を開いた。

「わたし、まだ、あなたのお名前を教えていただいてなかったのよね」

「そうだったな」

多門はフルネームを教えて、階下に駆け降りた。

玄関から堂々と表に出る。腕時計を見ると、午後十一時近かった。多門はボルボに乗り込み、目黒に向かった。

西崎の自宅マンションを探し当てたのは二十数分後だった。多門は九階建ての賃貸マンションの近くに車を駐めた。

マンションの出入口はオートロック式ではなかった。多門は勝手にエントランスロビーに入り、エレベーターのケージに乗った。

西崎の部屋は三〇四号室だ。

多門は三階で降り、三〇四号室に足を向けた。部屋は暗かった。ドアに耳を近づけてみたが、留守のようだった。梢が言っていたように、西崎は警戒して自分の塒《ねぐら》には戻らなかったのだろう。

多門は踵《きびす》を返し、エレベーターで一階に降りた。

マンションの前の通りに出たとき、二つの人影が暗がりから現われた。どちらも十七、八歳の少年だった。ずんぐりとした体型の少年は、使い込んだ木刀を握り締めている。もう片方は長身だった。百八十センチ以上はありそうだ。

背の高い少年はピストル型の洋弓銃《クロスボウ》を手にしていた。矢が番《つが》えられ、弓弦《ゆみづる》は逆鉤《ユニバーサル・フック》に掛かっている。

「おまえら、『アルカ』の元塾生だなっ」

多門は二人の若者を等分に見据えた。ややあって、背の低いほうが口を開いた。

「おたく、西崎先生んところに来たんだろ？」

「やっぱり、そうか。西崎はどこに隠れてる？」

「返事をはぐらかすな」

「ああ、西崎を訪ねてきたんだよ」

「おっさん、何を嗅ぎ回ってんだっ。え？」

少年が木刀の切っ先を多門の喉に突きつけてきた。

多門は左目を眇《すが》めた。

「おれたちをなめてんのかっ」

「ほざくな」

「ふざけやがって」

少年がいきり立ち、木刀を引き戻した。多門は踏み込んで、左手で木刀をむんずと摑んだ。同時に、右のショートフックを放つ。パンチは、ずんぐりした少年の頰骨に当たった。相手が口の中で呻き、体をぐらつかせた。

多門は木刀を捥《も》ぎ取り、水平に薙《な》いだ。木刀は少年の胴に入った。

少年が横に吹っ飛び、路上に倒れた。かなり手加減したつもりだったが、相手は突風に煽《あお》られたように体を泳がせた。

「てめーっ」

上背のある少年がピストル型の洋弓銃《クロスボウ》を胸の高さに構え、引き金に指を絡めた。

多門は木刀を斜め下から掬《すく》い上げた。

クロスボウが宙を舞った。弾みで放たれた矢は、マンションの植え込みの中に吸い込まれた。背の高い少年がクロスボウを拾い上げ、腰の矢筒《やづつ》を手探りした。多門は、相手の右腕に木刀を振り下ろした。

少年が悲鳴をあげ、その場に頽《くずお》れた。ずんぐりとした少年は、まだ道端に転がっていた。

多門は膝で木刀を真っ二つに折り、植え込みの中に投げ込んだ。少年たちが目を剝《む》いて、相前後して身を起こす。

多門は二人の後ろ襟《えり》を摑んで、額と額をぶつけた。骨が鈍く鳴った。

少年たちは尻から落ちた。多門は二人を暗がりに引きずり込んだ。深夜とあって、人通りは絶えていた。それでも、用心したほうがいいと判断したのである。

「もう一度訊く。西崎はどこに隠れてる？　口を割らなきゃ、おまえらの前歯はなくなっちまうぞ」

「………」

少年たちは何も答えなかった。

「それじゃ、交互に口許に蹴りを入れてやろう」

「先生は赤坂のホテルにいるよ」

背の低い少年が早口で答えた。

「ホテルの名は？」

「赤坂西急《せいきゅう》ホテルだよ。西崎先生は九〇五号室に泊まってる」

「おまえら、特別治療を受けたとき、西崎に何か薬物を服《の》まされたんじゃねえのか？」

「ビタミン剤を服んだだけだよ」

「嘘つくな。おまえらは睡眠導入剤か幻覚剤を服まされて、耳の奥にマイクロチップ型の超音波受信装置を埋められたんだろうが！」

「何のことか、さっぱりわからない」

「粘るじゃねえか。二人とも立ちな。おまえらは弾除《たまよ》けだ。西崎はデトニクスを持ってやがるからな」

多門は少年たちの腕を摑んで、荒っぽく立ち上がらせた。

ちょうどそのとき、不意に車のエンジン音がした。多門は素早く視線を巡らせた。

無灯火の大型保冷車が眼前に迫っていた。

このままでは、三人とも轢《ひ》かれることになる。多門は少年たちの腕を引き寄せ、後方に逃れる気になった。

しかし、一瞬遅かった。二人の少年は、あっという間に車体の真下に巻き込まれ、太い後輪で轢き潰された。少年たちは短い叫びをあげたきりだった。

保冷車はいったん停止したが、すぐに走りはじめた。

多門は猛然と追った。だが、みるみる保冷車は遠ざかった。

「なんてこった」

多門は少年たちが撥《は》ねられた場所まで駆け戻った。

二人とも生きてはいなかった。ずんぐりとした少年の顔は、まるで潰れたトマトだった。もうひとりの胸もタイヤで圧《お》し潰されていた。血の臭いが濃い。

マンションの表玄関から数人の男たちが飛び出してきた。さきほどの衝突音を耳にしたのだろう。

「轢き逃げだ。誰か一一〇番してくれ。こっちは逃げた車を追っかける」

多門は野次馬たちに大声で言い、自分のボルボに駆け寄った。すぐに発進させ、付近一帯を走り回ってみた。

しかし、保冷車はどこにも見当たらなかった。ナンバーを読む余裕はなかった。荷台に社名が記されていた気がするが、文字までは思い出せない。

西崎は二人の塾生が失敗《ドジ》を踏んだときのことを考えて、保冷車に乗った刺客《しかく》を放ったにちがいない。多門はボルボを赤坂に向けた。

赤坂西急ホテルに着いたのは十一時五十分ごろだった。多門はホテルの地下駐車場にボルボを置き、エレベーターで九階に上がった。

九〇五号室に急ぐ。ドアは開け放たれていた。

多門は部屋の中に入った。西崎の姿はなかった。ソファセットの位置が乱れ、コーヒテーブルの上の灰皿は汚れていた。少し前まで西崎はここにいたようだ。

廊下に出ると、若いホテルマンがエレベーターホールの方から歩いてきた。多門は走り寄って、ホテルマンに声をかけた。

「九〇五号室の泊まり客を訪ねてきたんだが、別の部屋に移ったのかな？」

「いいえ、急にチェックアウトされました。十分あまり前だったと思います」

「そうか。そいつは、どんな名前でチェックインしたの？」

「西村《にしむら》さまでした」

「三十八、九の少しニヒルなイケメンだな？」

「はい」

「それじゃ、西崎に間違いないだろう」

「あのう、失礼ですが、警察の方でしょうか?」

相手が遠慮がちに訊いた。

「うん、まあ」

「さきほどチェックアウトされたお客さまが、何か事件を引き起こしたのですね?」

「ま、そんなところだ」

多門はホテルマンに言って、エレベーター乗り場に足を向けた。

西崎は、どこに身を潜《ひそ》める気なのか。目黒の自宅マンションに戻るとは考えにくい。おおかた別のホテルに移ったのだろう。

まさか都内のホテルを一軒一軒訪ね歩くわけにはいかない。それ以前に、西崎が本名でチェックインするとも思えなかった。

亜弓が痺《しび》れを切らしていそうだ。今夜は、彼女のアパートに泊めてもらうか。

多門はエレベーターに乗り込み、地下駐車場に降りた。

ボルボに足を向けながら、何気なくスロープに目をやった。一瞬、自分の目を疑った。なんとスロープの途中に西崎がたたずんでいるではないか。薄笑いを浮かべている。

「てめーっ」

多門は憤然と走りだした。

西崎はデトニクスを引き抜くかもしれない。多門は身構えながら、スロープを駆け上がりはじめた。西崎が不意に背中を見せ、スロープの上まで一気に登りきった。多門は必死に追った。

地下駐車場の外に走り出たとき、視界の端に大型保冷車が見えた。

荷台のそばに、黒いフェイスマスクを被った男が立っていた。年恰好《としかっこう》は判然としない。

西崎が保冷車の運転台に這い上がった。

黒いフェイスマスクの男が果実のような塊を投げつけてきた。それは、多門の足許に落ちた。手榴弾《しゅりゅうだん》だった。

多門は三十センチの靴で手榴弾を蹴り返し、身を伏せた。

腸《はらわた》に響くような炸裂音が夜気を擘《つんざ》き、赤い閃光《せんこう》が走った。街路樹の根元が折れて、小枝が飛び散った。

手榴弾を放った男が慌《あわ》てて保冷車の助手席に乗り込んだ。多門は爆風をかすかに感じたが、どこも傷《いた》めなかった。立ち上がったとき、大型保冷車が急発進した。ナンバープレートは両側から折り曲げられ、6という数字しか見えなかった。

荷台の文字も黒いスプレーで塗り潰されていた。盗難車なら、そんな細工をする必要はない。西崎の共犯者は、水産関係の仕事をしているのだろうか。

多門はスロープを駆け降り、ボルボに飛び乗った。

車を走らせ、すぐホテルの外に出る。保冷車はどこにも見えなかった。だが、それほど遠くまでは走っていないはずだ。

多門はアクセルペダルを深く踏み込み、目を凝《こ》らしはじめた。

4

寝返りを打った。

その拍子に、多門は目を覚ました。麻布十番にある中里亜弓のアパートだ。

部屋の主は見当たらない。

ベッド脇のナイトテーブルの上に、亜弓のメモが載っていた。仕事に出かけることが書かれ、スペアキーはドア・ポストに投げ込んでほしいと記されていた。

多門はピアジェを見た。午前十一時を回っていた。

瞼《まぶた》が重ったるい。多門は明け方近くまで亜弓と情事に耽《ふけ》ったのだ。その前には、梢と交わっていた。

さすがに疲労感が濃い。しかし、悔やむ気持ちは少しもなかった。むしろ、同じ夜に二人の女性と肉の歓《よろこ》びを分かち合えたことに感謝したい気持ちだ。

サービス精神の旺盛な多門は、亜弓との情事にも手は抜かなかった。指と口唇で亜弓の裸身をくまなく愛撫し、三度ほどエクスタシーを与えた。そのたびに、亜弓はスキャットのような悦《よろこ》びの声を発した。

多門は結局、亜弓と二回交わることになった。それも、長くて熱いセックスだった。

亜弓は二時間も寝ていないだろう。それでも、ちゃんと仕事に出かけた。偉いものだ。

多門はベッドに腹這《ば》いになって、ロングピースに火を点けた。

前夜、赤坂一帯をボルボで走ってみたが、ついに保冷車を見つけることはできなかった。

西崎と黒いフェイスマスクを被った男は、どこに逃げ込んだのか。

西崎はアメリカ製のポケットピストルを所持していた。フェイスマスクで顔面を隠した男は、手榴弾を投げつけてきた。堅気《かたぎ》が拳銃や手榴弾を簡単に手に入れることは難しい。西崎たちの背後には、どこかの組が控えていると思われる。

また、西崎は『アルカ』の塾生たちの心を操《あやつ》り、殺人マシンに仕立てている疑いも濃い。いったい、どのような悪事を企《たく》らんでいるのだろうか。

きのうの轢き逃げ事件の情報を杉浦に集めてもらうことにした。

多門は煙草の火を消すと、八畳の寝室を出た。トランクスしか身に着けていなかった。

ダイニングキッチンに移る。脱いだ衣服は椅子の上にきちんと畳まれていた。亜弓が畳んでくれたことは間違いない。食卓の上には、ミックスサンドイッチとコーヒーメーカーが置かれている。アメリカンチェリーもあった。

多門は身繕《みづくろ》いをすると、椅子に腰かけた。スマートフォンを取り出し、杉浦に電話をした。

「おれだよ、杉さん」

「いま、クマに電話しようと思ってたんだ。中谷直人に牛刀で斬られた三人の被害者《マルガイ》の身内や友人を徹底的に調べてみたんだが、西崎と接点のある奴はいなかったな」

「そう。実は、ちょっと警察から情報を引っ張ってもらいたいんだ」

「クマ、昨夜、何かあったんだな？」

杉浦の声に緊張感がにじんだ。

多門は、目黒での轢き逃げ事件と赤坂で手榴弾を投げつけられたことを詳しく話した。

「赤坂署にも目黒署にも、知り合いの刑事がいる。うまく情報を引き出してやるよ」

「頼むね、杉さん」

「ああ。クマ、もう一度、西崎の自宅マンションに行ってみろや。西崎自身がのこのこ塒《ねぐら》に戻ったりはしねえだろうが、誰かに銀行のキャッシュカードや着替えを取ってきてほしいと頼むかもしれないぞ。そういう奴がいたら、そいつを尾行すりゃ、西崎の潜伏先がわかるじゃねえか」

「そうだね。そうするよ」

「何か情報を掴んだら、すぐ電話する」

杉浦の声が途絶えた。

多門は顔を洗って、ふたたび食卓に向かった。マグカップにコーヒーを注ぎ、サンドイッチを頬張りはじめる。アメリカンチェリーも食べた。

多門は一服してから、テレビを点けた。だが、事件に関するニュースは報じられていなかった。

亜弓の部屋を出る。スペアキーをドア・ポストに投げ入れ、アパートの近くの路上に駐めてあるボルボに乗り込んだ。

裏通りをたどって、青山通りに出る。いったん代官山の自宅マンションに戻って、汗臭いシャツや下着を取り替える気になったのだ。

二十数分で、自宅マンションに着いた。

多門は部屋に入るなり、まず冷房のスイッチを入れた。きょうも、うだるような暑さだ。部屋の空気が冷えると、多門は浴室に足を向けた。頭からシャワーを浴び、伸びた髭を剃《そ》る。洗いざらしのシャツとトランクスを身にまとうと、気分がさっぱりとした。

多門は外出の準備をし、ほどなく部屋を出た。

西崎のマンションまでは車でひとっ走りだ。ボルボを走らせはじめて間もなく、脇道から白いアルファードが滑り出てきた。

アルファードを運転している男は草色のスポーツキャップを目深《まぶか》に被り、おまけに色の濃いサングラスをかけていた。

多門は妙に後続の車が気になった。

アルファードは不自然なほど大きく車間距離を取っている。姿なき敵に尾行されているのかもしれない。多門は代官山町の住宅街をわざと低速で進んだ。数百メートル進むと、急にアルファードは横道に入った。

どうやら思い過ごしだったようだ。たまたま進む方向が同じだったのだろう。

多門は車を目黒に向けた。

恵比寿《えびす》西、恵比寿南と抜け、ＪＲ目黒駅をめざす。西崎の借りているマンションは、閑静な邸宅街の外れにある。

間もなく目的のマンションに到着した。

多門はボルボをマンションから少し離れた路上に駐めた。ロングピースを一本喫ってから車を降り、マンションの中に入る。

多門はエレベーターで三階に上がり、試しに三〇四号室のインターフォンを鳴らしてみた。なんの応答もない。ドアはロックされていた。

多門はエレベーターホールとは反対側に歩き、非常口に近づいた。真夏だからか、白い非常扉は開け放たれ、歩廊に微風が流れ込んでくる。

多門は三階の踊り場の端に腰を落とした。非常階段の手摺《てすり》には、目隠しボードが貼ってあった。

階段のステップの半分は日陰になっている。隣接している建物の窓から覗《のぞ》かれる心配はない。ただし、長いこと踊り場に坐り込んでいたら、マンションの入居者に訝《いぶか》しく思われるだろう。

張り込めるのは、せいぜい三、四十分だ。

多門はスマートフォンをマナーモードに切り換え、三〇四号室を注視しはじめた。四十分ほど待ってみたが、西崎の部屋に近づく者はいなかった。

多門は立ち上がり、車の中に戻った。冷房を強め、煙草をたてつづけに二本喫う。

杉浦から電話がかかってきたのは、その数分後だった。

「まず目黒署管内の轢き逃げ事件から話すぜ。被害者の二人は『アルカ』に通ってた坊やたちで、ともに十七歳だ」

「二人の名前を教えてくれないか」

多門はグローブボックスから塾生名簿を取り出し、杉浦の言葉を待った。

「ひとりは伍東敏和《ごとうとしかず》、もう片方は布川護《ふかわまもる》。大型保冷車のタイヤで顔を潰されたほうが、伍東って子だよ」

「杉さん、ちょっと待ってくれないか。いま『アルカ』の塾生名簿を繰《く》ってるんだ」

「二人の名は載ってるはずだ」

「ああ、どっちも載ってたよ」

「目黒署の刑事の話だと、その二人は無銭旅行をすると家族に告げて、それぞれ自宅を出たらしい。それ以来、家にはなんの連絡もしなかったそうだ」

「死んだ二人の所持金は？」

「どっちも、五十万近い札束を持ってたそうだ。どこかで洗脳されて、殺人ロボットにされたと考えてもよさそうだな」

「おそらく、そうなんだろうね。所持品から、伍東と布川が寝泊まりしてた場所はわからないの？」

「現金のほかには、煙草やライターしか持ってなかったという話だったんだな」

「二人とも？」

「そうだ。どっちもスマホは持ってなかったそうだよ。坊やたちの耳の奥にマイクロチップ型の超音波受信装置が埋まってるかどうかは、敢えて訊《き》かなかったんだ。そこまで探りを入れたら、相手に怪しまれるだろうからな。けど、別のルートで探ることはできそうだよ。ただし、少し時間を貰わねえとな」

杉浦が言った。

「できたら、そいつを探ってほしいんだ」

「わかった」

「杉さん、保冷車の割り出しは？」

「それは、まだなんだよ。それから赤坂のほうの事件《ヤマ》だが、そっちはまったく手がかりなしだってさ。犯行に使われた手榴弾が米軍から横流しされたものらしいとわかっただけで、西崎と一緒に逃げた犯人《ホシ》については、まるで手がかりがないようだったな」

「そう」

「特別治療を受けた塾生がまだ二十六人残ってるだろうから、名簿に載ってる親許のところに片っ端から電話をかけてみろや。そうすりゃ、消えた二十六人の居所がわかるかもしれねえぜ」

「そうだね」

「二十六人の坊やたちはどこか一カ所に集められて、マインドコントロールされてるのかもしれねえぞ。それから、西崎が同じとこに潜伏してるとも考えられるな」

「いま、おれは西崎のマンションの近くで張り込んでるんだ。まだ収穫はないんだが、もうしばらく粘ってみるよ。杉さん、ありがとう！」

多門はいったん通話を切り上げ、『アルカ』から遠ざかった二十六人の少年の自宅に次々に電話をしてみた。フリースクールのスタッフになりすましたのだ。

保護者たちの大半が音信の途絶えた我が子の身の安否を心配していた。半数以上の親が警察に捜索願を出しているといったが、誰も有力な手がかりは得ていなかった。

多門は無駄骨を折ることを覚悟しながら、電話をかけまくった。二十五人目の相手は、元暴走族の少年の母親だった。姓は青山《あおやま》だ。

「その後、息子さんから何か連絡はありました？」

「実は一昨日《おととい》の晩、博丈《ひろたけ》から電話があったんです」

「どこにいると言ってました？」

「何か事情があるらしくて、居場所はどうしても言えないと繰り返すばかりでした。うちの子は、昔の暴走族仲間にどこかに監禁でもされているのでしょうか?」

『アルカ』に通うようになってから、昔の遊び仲間に呼び出されるようなことがありました?」

「いいえ、そういうことはなかったですね」

「それなら、昔の仲間に監禁されてるんではないでしょう。それで、博丈君の様子はどうでした? 声の調子で、ある程度のことはわかると思うのですが」

「割に元気そうでしたね。空気のおいしい場所にいるとかで、飯がうまいんだなんて言っていました」

「息子さんは室内から電話してるようでした? それとも、屋外から電話をかけてる様子でしたか?」

「駅の近くの公衆電話を使ってるようでしたね。というのは、電話の向こうから構内アナウンスがかすかに聞こえてきたんですよ」

「駅名は聞こえました?」

多門は訊いた。

「いいえ、それは聞こえませんでした。でも、御殿場《ごてんば》線のどこかの駅なんだと思います。駅員さんが『間もなく裾野《すその》・沼津《ぬまづ》方面の電車が入線します』とアナウンスしていましたので」

「ということは、裾野よりも東側のどこかの駅だな」

「ええ、そうなんでしょう。でも、息子が電話をかけてきた場所の近くに住んでるとは限りませんけどね」

「そうですね。外出先から、急に自宅に電話をしてみる気になったとも考えられますので」

「これは母親の勘に過ぎないのですが、博丈は静岡県内の高原か山の中で暮らしてるような気がしてならないんですよ。息子は空気がおいしいと言っていましたのでね」

「その可能性はありそうだな。息子さん、どんな過ごし方をしてると言ってました？」

「真人間になるため、合宿のようなことをしてるんだと洩らしていました。それで、わたし、誰と一緒にいるのか息子に訊いてみたんですよ。だけど、返事をはぐらかして、結局、答えてくれませんでした」

「そうですか。息子さんの塾生仲間だった伍東敏和君と布川護君が昨夜、目黒の路上で大型保冷車に轢き逃げされて亡くなった事件はご存じでしょ？」

「はい。テレビのニュースで知って、とても驚きました。伍東君と布川君、何度か、この家に遊びに来たことがあるんですよ」

「そうですか」

「二人とも元ヤンキーだったという話でしたけど、根は優しい子たちでしたよ。あの二人も行き先を告げずに旅行に出たそうだから、もしかしたら、うちの博丈と行動を共にしているのかと思ってたんですけどね。どうなんでしょう？」

「それについては、答えようがないな。なにぶんにも、こちらは情報不足でしてね」

「無理はありませんよ。警察だって、いまだに息子たちの行方を摑めない状態なんですから」

博丈という少年の母親がそう言い、長嘆息《ちょうたんそく》した。

多門は礼を述べ、電話を切った。二十六番目の元塾生の自宅には誰もいないようだった。電話は留守録音モードになっていた。

メッセージは入れなかった。多門はスマートフォンを上着の内ポケットに戻し、カーラジオの電源を入れた。

幾度か選局ボタンを押すと、ニュースが報じられていた。きのうの二つの事件に関する報道があるかもしれない。多門は音量を高めた。

国会関係のニュースが終わると、事件報道に移った。

「今朝十一時十分ごろ、東京・渋谷の路上で通行中の男性が十七、八歳の少年に擦《す》れ違いざまに出刃庖丁で心臓をひと突きされ、病院に搬送される途中で亡くなりました。犯人の少年は逃走中です」

女性アナウンサーが間を取り、言い継いだ。

「殺された男性は品川区豊町《ゆたかちょう》の無職、太田浩司《おおたこうじ》さん、三十八歳です。警察の調べによると、殺された太田さんは三年ほど前にある刑事事件で起訴されましたが、精神鑑定で心神耗弱《こうじゃく》と鑑定されて、精神科病院に強制入院させられていました。先月中旬に退院し、求職活動中だった模様です。事件は単なる衝動殺人なのか、何か犯行動機があったのか、そうした詳しいことはわかっていません」

アナウンサーが、また言葉を切った。

逃げた少年は、西崎の特別治療を受けた塾生かもしれない。多門はそう推測しながら、アナウンサーの言葉に耳を傾けた。

「また、正午過ぎにも東京・新橋《しんばし》の裏通りで似たような事件が起きました。通行中に後ろから大型スパナで頭部を十数回も殴打された男性が亡くなりました。殺されたのは住所不定で無職の二瓶琢磨《にへいたくま》さん、二十七歳です。二瓶さんを大型スパナで撲殺した犯人も十六、七の少年でした。犯人は、まだ逮捕されていません。警察は、衝動的な犯行という見方を強めています」

アナウンサーが放火事件と交通事故を伝え、ニュースは終わった。

二瓶という男が事件の加害者だったとしたら、午前中の事件とリンクしていそうだ。二人の被害者の犯罪歴を杉浦に洗ってもらおう。

多門はラジオの電源を切り、ふたたび杉浦に電話をかけた。そして、路上で殺された二人の男の前科歴を調べてくれるよう頼んだ。

杉浦から連絡が入ったのは午後三時過ぎだった。

「まず伍東と布川のことから報告する。検視官に接触してみたんだ。二人の耳の奥にマイクロチップ型の超音波受信装置が埋まってたことが確認できたよ」

「やっぱり、そうだったか。西崎自身が二人に殺人指令を下したのかどうかは、まだはっきりしないが、深く関与してることは間違いないだろう」

「ああ、それはな。クマ、渋谷で左胸をひと突きされた太田浩司は三年前に買物帰りの四十代の主婦にガソリンをぶっかけて、火を放って焼き殺したんだ。被害者とは一面識もなかったという話だったよ」

「そう。それにしても、ひでえことをやりやがる。まともじゃないんだろう」

「太田は刑事責任を免《まぬが》れることができたんだ。新橋で殺《や》られた二瓶琢磨って奴はレイプと強盗のダブルで三年二カ月の刑期《ツトメ》を済ませて、きのう、仮出所したばかりだったんだ。野郎は目白《めじろ》の女子大生マンションに忍び込んで、女子大生をレイプして、有り金を強奪したらしい」

「杉さん、西崎は犯罪加害者を私的に処刑する秘密組織と繋がってるんじゃないのかな」

多門は言った。

「どうやら、そうみてえだな。けど、西崎がボスじゃねえだろう。おそらく西崎は、キレやすい坊やたちの心を操って、殺人マシンというか、殺人の実行犯に育て上げる任務を負ってるだけなんじゃねえのか」

「多分、そうなんだろうな。そうそう、二十六人の保護者にあらかた電話してみたよ」

「で、どうだった？」

杉浦が訊いてきた。

多門は青山博丈という少年の母親から聞いた話を伝えた。

「クマ、二十六人の小僧どもは御殿場周辺の山の中で洗脳され、殺人トレーニングをやらされてるんじゃねえのか」

「それ、考えられるね。なんとか西崎を取っ捕まえて、何もかも吐かせてやる」

「助《ス》けてほしいときは、いつでも電話してくれ」

「そうさせてもらうよ」

多門は先に電話を切った。

スマートフォンを懐に収めて、なんの気なしにミラーを仰《あお》ぐ。と、四、五メートル後方に見覚えのある白いアルファードが駐まっていた。

運転席には、スポーツキャップを目深に被った男が坐っていた。サングラスもかけている。

多門に見られていることに気づいたらしく、相手が口の端を小さく歪《ゆが》めた。

その笑い方が、どこか中性っぽかった。面立《おもだ》ちも厳《いか》つくない。優男《やさおとこ》なのだろう。上背も、それほどありそうには見えなかった。

多門はボルボを降りた。西崎の住んでいるマンションに向かう振りをして、一気にアルファードに駆け寄った。

なぜだか、運転手の男は泰然《たいぜん》としている。

「おい、降りろ！」

多門はアルファードの運転席のドアを蹴った。

相手がロックを解除し、ゆっくりとドアを開けた。多門は相手の胸倉を掴んだ。弾みで、サングラスが外れた。

現われたのは、どう見ても女の顔だ。しかも、飛び切りの美人だった。

「あんた、男じゃねえな」

多門は相手の胸に触れた。女の乳房だった。

「いまのは、セクハラよ」

相手が言うなり、香水スプレーのような物を多門の顔面に突きつけた。ほとんど同時に、乳白色の噴霧《ふんむ》が拡散した。

多門は瞳孔《どうこう》に鋭い痛みを覚えた。目を開けていられない。どうやら催涙《さいるい》スプレーを浴びせられたようだ。

「女性がこういうことをするのは感心しないな。何か理由《わけ》がありそうだね。そいつをゆっくり聞かせてもらおうか」

多門は相手が逃げられないように肩に両腕を回した。そのとき、首に針のような物を突き立てられた。

「麻酔注射よ。しばらく眠ってもらうわ」

美女が注射器の薬液を多門の体内に注入し、注射針を乱暴に引き抜いた。その後、ボディーにパンチを放ってきた。

女性にしては、重いパンチだった。多門は片膝をついた。まだ瞼を開けることができない。複数の足音が迫ってきた。多門は体の向きを変え、拳《こぶし》を固めた。

立ち上がろうとした瞬間、急激に意識が混濁《こんだく》した。多門は自分の体が倒れるのをぼんやりと感じ取った。

それきり何もわからなくなった。

第四章　煽《あお》られた殺意

1

我に返った。

最初に目に入ったのはフローリングの床《ゆか》だった。

多門は自分が両手足を太いロープで括《くく》られ、太い梁《はり》から逆《さか》さに吊《つ》るされていることを知った。アトリエ風の造りの部屋だった。四十畳ほどの広さはありそうだ。人の姿は見当たらない。

麻酔注射で眠らされてから、どれほどの時間が経過したのか。窓の外は暗かった。

血が下がって、頭の血管がいまにも破裂しそうだ。多門は全身を揺さぶりはじめた。少しでも頭部を高い位置に持っていきたかったのだ。次第に振幅が大きくなり、体が時計の振り子のようにスイングしはじめた。

できれば反動を利用して、梁に腹部を掛けたかった。そうすれば、少し上体を反らせることができる。

しかし、体は虚《むな》しく揺れるだけで、とても梁までは届かない。依然として、頭部に溜まった血液は下がらなかった。めまいにも襲われた。見張りを誘《おび》き寄せて、反撃のチャンスを待つしか手立てはないだろう。

「おーい、誰かいねえのかっ」

多門は大声を張り上げた。

ややあって、ドアが開けられた。板張りの部屋に入ってきたのは男装の美女だった。もう草色のスポーツキャップは被っていない。サングラスもかけていなかった。

頭髪は五分刈りよりも少し長い程度だ。ベリーショートと呼ばれている髪型だろう。女殺し屋と思われる敵は黒ずくめだった。黒い長袖シャツは大きめだが、同色のパンツは細かった。すんなりと長い脚にはりついている。女にしてはヒップが小さかった。

「何かいい夢でも見た？」

「そっちは、どんな野郎とつき合ってきたんだ？　いまの生き方は間違ってるな」

多門は言った。逆さ状態だと、喋《しゃべ》るのもひと苦労だ。言葉を発するたびに、肺が詰まる。

なんとも胸苦しい。

「間違ってる？」

「ああ。そっちは、西崎に雇われた殺し屋なんだろ？」

「殺し屋稼業で食べてることは確かだけど、依頼人《クライアント》の名前は言えないわ」

相手がそう言いながら、ゆっくりと近づいてきた。

「何人殺《や》ったんだ、これまでに？」

「答える義務はないわ。あんたこそ、何人の人間を始末したの？」

「おれは誰も殺《や》っちゃいないよ」

「嘘おっしゃい。あんたを見た瞬間、すぐにわかったわ」

「何が？」

「人殺しだってことがよ。わたしと同じ臭《にお》いを発してるもの」

「おれが始末したのは、救いようのない極悪人ばかりだ。銭が欲しくて人を消したことはない」

「それでも、人殺しは人殺しよ」

「いや、違うな」

「こんな会話は無意味だわ」

「そうだな。小便したいんだ。逃げやしないから、いったん床に下ろしてくれよ」

　多門は言った。

「それは無理ね。そのまま、おしっこを垂《た》れ流しにしたら？」

「レディーの前で、そんなはしたないことはできない」

「それなら、膀胱《ぼうこう》が破裂するまで我慢するのね」

　女が冷ややかに言って、腰の後ろから黒革の鞭《むち》を取り出した。握りの部分は五十センチほどの長さで、その先端からリボン状の革紐《かわひも》が垂れている。優に二メートルはあるだろう。

「ここで、SMごっこをやろうってわけか。悪いが、おれにマゾっ気はない」

「わかってるわ」

「なんで、すぐにおれを始末しなかった？」

　多門は問いかけた。

「わたしは殺しだけを請け負《うお》ったわけじゃないのよ」

「おれの口を割らせることも、仕事のうちなのか？」

「その通りよ」

　相手が言うなり、右腕を翻《ひるがえ》した。

　革紐が生きもののように長く伸びる。多門は反射的に体を捩《ねじ》った。だが、捻《ひね》り切れなかった。鞭の先が側頭部に当たった。かなり痛かった。

女が繰り返し鞭を唸《うな》らせる。多門は躱《かわ》し切れなくなった。顔面に無数の蚯蚓腫《みみずばれ》ができ、首や胸も撲《う》たれた。疼《うず》きが鋭い。

「どこまで調べ上げたの？」

「おれは西崎の女関係を調べてただけだ」

「しぶとい男ね」

女が鞭を腰の後ろに戻し、つかつかと歩み寄ってきた。

「次は何をする気だ？」

多門は訊《たず》ねた。だが、女殺し屋は何も言わなかった。

彼女は多門のスラックスのファスナーを開き、ペニスを摑み出した。

「体がでかい分、ここもビッグね」

「おい、何を考えてるんだ!?」

多門は、わけがわからなかった。

ペニスに電流を通すつもりなのか。南米では、よく行なわれている拷問だ。犯罪者たちばかりではなく、警察官も思想犯たちにその種のリンチを加えている。

女がペニスの根元を握り、荒っぽく刺激を加えてきた。

多門の体は意思とは裏腹に、反応してしまった。ほどなく雄々《おお》しく勃起《ぼっき》した。

女が大型ニッパーを取り出し、昂《たか》まった男根《だんこん》を挟んだ。

「ちょっと手に力を入れれば、あんたのシンボルはちょん斬れるわね」

「そいつは勘弁してくれ。ナニを切断されたら、男として終わりだからな」

「切断されたくなかったら、口を割るのね」

「さっきも言ったが、おれは西崎季之の女関係を……」

多門は時間を稼ぐ気になった。昂まりが少しずつ力を失いはじめた。

相手がすぐに空いている手で亀頭を愛撫しだした。

多門は撫でられ、揉まれた。ふたたび性器が肥大した。

女は陰茎に大型ニッパーの刃を当てたまま、パンツのヒップポケットから銀色の金具を引き抜いた。外科医や産婦人科医が手術時に用いている鉗子《かんし》だった。

女は鉗子で、多門のすぼまった睾丸《こうがん》を挟みつけた。

「おれの睾丸をそいつで潰《つぶ》す気かっ」

多門は言った。

女が黙殺して、鉗子に力を込める。多門は激痛に見舞われ、長く呻いた。

気が遠くなりそうになるたび、必ずニッパーの刃がペニスに深く喰い込んだ。痛みで、覚醒させられてしまう。血もにじんでいるようだ。

女殺し屋は生い立ちが暗かったので、心が捩《ね》じ曲《ま》がってしまったのではないか。なんとか真人間にしてやりたい。ここは、屈した振りをするか。

「まだ喋る気にならない？」

「喋るよ。おれは、西崎の特別治療を受けたフリースクールの少年たちの行方を追ってるんだ」

「やっと正直に話す気になったわね。で、どこまで調べ上げたの？」

「西崎が二十八人の坊やを何かでマインドコントロールして、殺人ロボットに仕立ててることまでは摑んだ。といっても、まだ証拠を握ったわけじゃないがな」

「ほかにも何か調べたはずよ。『週刊エッジ』の結城記者の事件のことも嗅《か》ぎ回ってたわね？」

「ああ、調べてたよ。西崎がゴルフクラブ撲殺事件に関与してると睨《にら》んでたんだが、その裏付けは得られなかった」

「もっと何か知ってるんでしょうが？」

「知ってることは、すべて話したよ。西崎を怪しんだところで、いまのおれにゃ何もできない」

「だから、殺さないでくれってわけ？」

女が冷笑した。

「正直なところ、まだ死にたくねえな。そっちに、一目惚《ぼ》れしちまったんだよ」

「そんな安っぽい手にわたしが引っかかるとでも思ってるの？」

「嘘じゃないって。もともとおれは女に惚れっぽい性質《たち》なんだが、そっちを見た瞬間から

……」

「わたし、色恋には関心がないの。おあいにくさまね」

「人を殺すことと銭《ぜに》を掴むことだけが生き甲斐なのか？」

「ま、そうね」

「そんな人生、味気ないと思わねえか？」

「別に」

「どっかで自分をごまかしてるな。女性がそんな人生を本気で望んでるわけない」

「あんたに何がわかるって言うの！　偉そうなことを言わないでちょうだいっ」

「どんな暮らしをしてきたんだ？」

「あんたに関係ないことでしょ！」

「怒った顔も悪くないな。惚れ直したよ」

多門は言った。

女が大型ニッパーと鉗子を床に叩きつけ、数歩退《さ》がった。それから彼女は、強烈な中段回し蹴りを放ってきた。空気が縺《もつ》れた。

多門は脇腹を蹴られ、サンドバッグのように揺れた。

「蹴りは一度だけじゃないわよ」

女がそう言い、またミドルキックを浴びせてきた。どうやら空手の心得があるようだ。

多門は腹筋を張り、ダメージを最小限に留《とど》めた。女は息が弾むまで回し蹴りを放ちつづけた。

「そっちを怒らせる気はなかったんだ」

「ふん」

「な、おれを始末したら、いくら貰えることになってんだ？」

「一千万円よ。もう三百万の着手金は貰ってる」

「たったの一千万で殺しを引き受けたのか。欲がないんだな。おれと組めば、もっと銭を稼げるぜ」

「いったん引き受けたビジネスは最後までやり遂げる主義なのよ」

「そういうことなら、おれも潔《いさぎよ》く諦《あきら》めるよ。そっちに殺されてやろう。しかし、この恰《かっ》好《こう》でくたばるのはみっともないな」

「どうしてほしいの？」

「おれを床に横たわらせて、スラックスの前を整えてもらいてえんだ」

多門は言った。

女殺し屋は少し迷ってから、支柱に結んであるロープを緩《ゆる》めた。多門は首を縮め、肩から床に転がった。両手は後ろ手に縛られている。多門はくの字に横たわざるを得なかった。

「何か一つだけ望みを叶《かな》えてやってもいいわ」

「外の空気が吸いてえな」

「それはできないわ」

「それじゃ、せめて足のロープを解《ほど》いてくれねえか」

「それで、逃げられるとでも思ってるわけ？　だとしたら、甘いわよ」

「そっちは殺し屋《プロ》なんだ。体の自由の利かない相手を殺したら、寝覚めが悪いんじゃないのか。第一、プロとして恥だよな？」

「まあ、そうね。いいわ、足のロープは外してやる」

女が床の大型ニッパーを抓《つま》み上げ、多門の足許にしゃがんだ。

足首に幾重《いくえ》にも巻かれたロープが切断された。多門は踝《くるぶし》を擦《こす》り合わせ、ロープを外した。

すぐに靴の底で女を蹴りつける。女が短い声をあげ、尻餅《しりもち》をついた。すかさず多門は相手の胴を両脚で挟み、横に倒した。

「騙《だま》したのね」

女が忌々《いまいま》しげに言って、全身でもがいた。

だが、その抵抗は無駄だった。多門は丸太のような腿《もも》で、相手の両腕も挟んで離さなかった。拳銃か刃物を懐に忍ばせているようだったが、女殺し屋は武器には手が届かないはずだ。

多門は相手の動きを封じながら、両手首に力を込めた。

幾度か力《りき》むと、ロープに緩みが生まれた。手首を動かしつづける。

少し経つと、ロープがほどけた。

多門は肘《ひじ》を使って、上体を起こした。両脚で女殺し屋を挟んだまま、相手の腰のあたりを探る。

コマンドナイフとロケット弾ピストルをベルトの下に差し込んでいた。ロケット弾ピストルは他の拳銃とは異なり、実包には一切《いっさい》火薬が使われていない。銃弾がロケット型で、そのまま飛んでいく造りになっていた。かすかな発射音がするだけだ。

その代表格であるアメリカ製のジャイロジェットはアルミ製で、銃身の厚みは約一二、三ミリと薄い。ロケット弾を撃った後、踏み潰せば、凶器を処分することも可能だ。フル装弾数は六発である。

ジャイロジェットは第二次世界大戦後も各国のスパイたちに重宝《ちょうほう》がられていたが、現在は製造されていない。女殺し屋が持っていたロケット弾ピストルは３Ｄプリンターで密造したのだろう。銃声がしないことから、犯罪のプロたちにいまも愛用されている。

多門はコマンドナイフとロケット弾ピストルを奪った。ロケット弾ピストルの弾倉《マガジン》には、四発のロケット弾が詰まっていた。銃身はニッケル合金だった。

「これで、逆転したな」

多門はロケット弾ピストルの銃口を女殺し屋の頭部に押し当て、ゆっくりと立ち上がった。床の大型ニッパーと鉗子を遠くに蹴り、相手を摑み起こす。

「結構、やるじゃないの」

「なんて名だ？」

「わたしの名前なんかどうでもいいでしょ！」

「惚れた女の名ぐらい知りたいじゃねえか」

「鮫島理沙《さめじまりさ》よ」

「いい名だ。二十八、九かな」

「女性に年齢《とし》なんか訊くもんじゃないわ」

理沙と名乗った女が不快そうに眉根《まゆね》を寄せた。

「おっと、失礼したな。ところで、ここはどこなんだ？」

「朝霧《あさぎり》高原の別荘地の外れよ」

「誰の別荘なんだ？」

「オーナーが誰かは知らないわ。無断で使わせてもらってるのよ」

「西崎は、この山荘の中にいるのか？」

「彼は別の場所にいるわ」

「そこは、どこなんだ？」

「言うわけないでしょ」

「粘るな。それはそうと、おれの車はどうした？」

「外にあるわ。意識を失ったあんたをボルボの後部座席に寝かせて、わたしがここまで運転してきたのよ」

「そっちが乗ってたアルファードは、西崎の手下たちが乗って帰ったのか？」

「そうよ。そんなことより、さっさとわたしを始末したらどうなの」

「おれは女性を殺すような男じゃない。そっちには、おれの切札《プロ》になってもらう」

「ばかじゃないの。わたしはお金で雇われた単なる殺し屋よ。切札になるわけないでしょうが！」

「依頼人は、そっちを見殺しにはできないだろう」

多門は言った。

「なぜよ？」

「依頼人の弱みを摑みかけてるおれは、まだ死んじゃいない。そっちを見殺しにしたら、また別の殺し屋《プロ》を雇わなきゃならなくなる。着手金が無駄になるし、余計に足がつきやすくもなるじゃないか」

「依頼人は、もっと図太い男よ」

「そうかい。早く会ってみてえな。依頼人のいる場所に案内してもらおうか」

「冗談じゃないわ」

理沙が身を捩《よじ》って、床に坐り込もうとした。

多門は理沙の片腕を引きずりながら、アトリエのような部屋を出た。一階だった。

山荘は大きかったが、人のいる気配はうかがえない。二人は玄関から外に出た。

車寄せには、多門のボルボが駐《と》めてあった。前庭が広い。左右と真裏は自然林を取り込む形になっていた。

「そっちに車を運転してもらうぞ」

多門は言って、理沙の背後に回った。

次の瞬間、理沙がパンプスの踵《かかと》で多門の左足の爪先を思い切り踏みつけた。不意を衝《つ》かれた形だった。多門は体勢を崩した。その隙に、理沙が左側の自然林に向かって走りだした。

「止まれっ」

多門はロケット弾ピストルを両手保持で構え、すぐに威嚇射撃した。

放ったロケット弾は、女殺し屋の足許に着弾したようだ。しかし、彼女は怯《ひる》まなかった。

そのまま、暗い林の中に逃げ込む。

多門は追った。

闇が深い。逃げる理沙の足音だけが頼りだ。

自然林は、はるか先まで拡《ひろ》がっていた。多門は樹木の間を縫《ぬ》いながら、懸命に追った。

やがて、草原に出た。

多門は暗がりを透《す》かして見た。だが、動く人影はなかった。女殺し屋は自然林のどこかに身を潜《ひそ》めているにちがいない。

多門は林の中に駆け戻った。

灌木《かんぼく》を掻《か》き分け、頭上の枝もいちいち振り仰《あお》いでみた。わざと身を伏せ、息を殺しもした。

しかし、やはり理沙はどこにもいない。山荘の前の林道に逃れたのか。

多門は林道に向かって走りはじめた。

2

林道に躍《おど》り出た。

多門は視線を泳がせた。動く人影は見当たらない。

女殺し屋は、もう逃走してしまったのか。午後九時半を過ぎていた。

ひとまず東京に戻ることにした。多門は山荘に足を向けた。

十数メートル進むと、背後で犬が短く吼《ほ》えた。多門は振り向いた。目を凝《こ》らす。

林道の向こうから、ジャーマン・シェパードが猛進してくる。よく見ると、犬の両側の脇腹には段平《だんびら》が革紐で括《くく》りつけられていた。

鍔《つば》のない日本刀だ。二振りの刃は上向きで、切っ先はジャーマン・シェパードの頭部よりも三十センチ近く前方に突き出している。

昔からドーベルマン、シェパードといった大型犬は人間によって、殺人兵器として利用されてきた。胴に革のハーネスを装着され、鮫《さめ》退治用の突きん棒、槍《やり》、サーベル、軍事爆薬などを背負わされて、攻撃目標に突進させられるわけだ。こうした殺人犬は、いまでも発展途上国でゲリラ戦や暗殺に使われている。

多門は、理沙から奪ったロケット弾ピストルを握った。まだロケット弾は三発残っている。

ジャーマン・シェパードが一直線に突き進んできた。

多門は立射の姿勢《スタンディング・ポジション》をとった。狙いを定めて、引き金を絞る。ロケット弾が飛び出した。

殺人犬がスライディングするような恰好《かっこう》で身を伏せた。ロケット弾は、標的の頭上を抜けていった。ジャーマン・シェパードがむっくりと起き上がり、ふたたび疾走しはじめた。

多門は二発目を見舞った。

すると、犬は高く跳《と》んだ。また、ロケット弾は虚《むな》しく闇に呑まれた。

残弾は一発だ。今度撃ち損なったら、殺人犬と格闘しなければならなくなる。

多門は林道に腹這いになった。寝撃ち《プローン・ポジション》の構えをとり、息を詰めた。

ジャーマン・シェパードは一瞬だけ戸惑った様子を見せた。しかし、敢然と立ち向かってきた。間合いは十メートル前後だった。

多門は引き金を絞った。

命中した。ロケット弾は殺人犬の頭部を砕いた。夜気に血の臭いが混じった。ジャーマン・シェパードは後方に吹っ飛び、横倒しに転がった。それきり、ぴくりとも動かない。

運が悪かったと諦めてくれ。多門は起き上がって、弾倉が空になったロケット弾ピストルを近くの繁みに投げ捨てた。

そのとき、前方から三つの人影が近づいてきた。

多門は逃げなかった。接近してきたのは、いずれも十六、七歳の少年だった。おのおのが鉄パイプ、手斧《ておの》、ピッケルを手にしている。

「おまえら、『アルカ』に通ってた小僧どもだな」

多門は三人の若者に声をかけた。

しかし、誰も口を開かなかった。三人は一様に目を吊り上げ、憎々しげな表情をしている。何かに取り憑《つ》かれたような感じだった。

「女殺し屋に言われて、おれを生《い》け捕《ど》りにするつもりなのかっ。それとも、西崎に命令されたのか？」

「………」

やはり、返事はなかった。ピッケルを持った少年が仲間の二人に目配せした。

鉄パイプを手にした少年がいったん林の中に入り、多門の背後に回った。手斧の少年は、多門の左側に立った。

「怪我してもいいんだったら、かかってきな」

多門は挑発した。

そのすぐ後、背後にいる少年が気合を発した。多門は振り返った。鉄パイプを振り翳《かざ》した少年がたたらを踏んだ。

「どうした？　怖《お》じ気《け》づいたのか？」

多門はせせら笑った。

相手がいきり立って、鉄パイプを振り下ろした。空気が唸った。多門は相手と向かい合い、鉄パイプを左腕でまともに受けた。鉄パイプの真ん中のあたりが、大きく折れ曲がった。少年は何か信じられないようなものを見た顔になり、その場に立ち竦《すく》んだ。

多門は踏み込んで、相手の股間を蹴り上げた。的《まと》は外さなかった。少年が上体を大きく反らしてから、前屈みになった。手から鉄パイプが落ちた。

多門は相手の背にラビットパンチを浴びせた。

少年が地べたを舐《な》めた。多門は折れ曲がった鉄パイプを下草の中に蹴り込み、前に向き直った。

「て、てめえ、ぶっ殺してやる」

手斧を握った少年が怒声を張り上げた。髪に黄色のメッシュを入れ、片方の耳朶《みみたぶ》にピアスをしていた。

「無理すんなって。声が震えてるぞ」

「うるせえ」

「仕方ない、相手になってやろう」

多門は、理沙から奪ったコマンドナイフを掴み出した。ピアスの少年は、明らかにたじろいだ。ピッケルを手にした仲間に困惑顔を向けた。

「こっちは三人なんだ。ビビるなって」

「なら、おまえが先に仕掛けろよ」

「根性ねえな。よし、おれがケリをつけてやらあ」

「頼むぜ」

手斧を手にした少年が退がる。

多門はピッケルを持った少年に顔を向けた。相手がピッケルを頭上に掲げた。多門は前に踏み込んで、すぐに後退した。フェイントだった。

「おりゃーっ」

少年がピッケルを垂直に振り下ろした。

ピッケルの先が地面に深く沈んだ。すぐには引き抜けない。

多門は左目を眇《すが》め、少年を肩で弾き飛ばした。コマンドナイフを左手に持ち替え、ピッケルを引き抜く。

「なめやがって」

ピアスをした少年が手斧を上段に構えた。

多門はピッケルで手斧を引っかけ、横に振り落とした。相手が狼狽《ろうばい》し、二人の仲間に目をやった。

そのとき、林の奥で指笛が高く鳴った。ピッケルと手斧を振り回した二人が顔を見合わせ、急に身を翻《ひるがえ》した。多門は振り向いた。鉄パイプを持っていた少年は、二人の仲間とは逆方向に走りだした。多門はピッケルを水平に投げた。

ピッケルは少年の膝の裏に当たった。膕《ひかがみ》の部分だ。少年が前のめりに倒れた。

多門は駆け寄って、少年の腰を踏み押さえた。

「もう逃げられねえぞ」

「くそっ」

「誰の命令なんだ？」

「そんなこと言えるかよっ」

「言えるようにしてやろう」

「な、何すんだよ!?」

少年が怯《おび》え戦《おのの》いた。多門は少年の背と腰に両足を掛け、大きくジャンプした。少年が長く唸り、四肢《しし》を縮める。

多門は屈み込んで、コマンドナイフの刃を少年の首筋に押し当てた。少年の全身が強張《こわば》る。

「西崎に頼まれたんだなっ」

「そ、そうだよ」

「おまえの名は？」

「名前なんてどうでもいいじゃねえか」

「頸《けい》動脈を切断してやろうか」

「あ、青山だよ、青山博丈ってんだ」

「おまえが博丈か。おふくろさん、心配してたぜ」

「なんで、あんたがおふくろのことを知ってんだ!?」

「そっちの家《ヤサ》に電話したんだよ。おふくろさんの話だと、おまえは一度、親許に連絡したそうだな」

「おふくろめ、余計なことを言いやがって」

「そっちは、御殿場線のどこかの駅の近くの公衆電話を使って、家に電話したんだろ？」

「くそっ」

「駅の名は？」

多門は訊いた。

「おまえら二十八人の塾生は、その近くで合宿してたんじゃないのか。そうなんだなっ」

「南御殿場駅《みなみごてんば》だよ」

「…………」

「また黙り込みやがったな。少し痛い目に遭《あ》いてえんだ？」

「や、やめてくれ。おれたちは十里木《じゅうりぎ》カントリークラブのそばにある潰れたペンションで特別治療を受けてたんだよ」

「十里木というと、富士山の南側の麓《ふもと》だな」

「そうだよ」

博丈が観念した声で答えた。

「おまえらは潰れたペンションで、西崎にマインドコントロールされてたんだろっ」

「おれたちは真人間に生まれ変わるためのセミナーと治療を受けてるだけだ」

「セミナーの内容は？」

「生まれ変わるためには、いろいろ試練に耐える必要があるっていうような話だよ」

「もっと具体的に話せ」

「おれたちはいろいろ世間に迷惑をかけてきた。だから、何らかの形で償《つぐな》いをする必要があるんだ」

「だいぶ洗脳されてるな」

「別に西崎先生に心を操られてるわけじゃない。セミナーを受講したり、本格的な催眠療法を受けてるうちに、おれたちは自ら罪滅ぼしをしなきゃいけないんだって考えるようになったんだよ」

「特別治療で何か薬物を服《の》まされてたな？」

「ビタミン剤と精神安定剤を服まされてるだけだよ」

「そういう錠剤を服むと、どうなるんだ？」

多門は問いかけた。

「気分がリラックスして、他人《ひと》の話を素直に聞けるようになるんだ。なんか小さな子供に戻ったような感じでさ」

「他人っていうのは、西崎のことだな？」

「西崎先生だけじゃなく、トレーナーたちの話もすんなり聞けるんだ」

「おまえらは一種のマインドコントロール剤を服《の》まされたにちがいない、催眠術をかけられてる間にな」

「マインドコントロール剤だって!?」

「そうだ。おまえらは心を操られて、殺人ロボットにされかけてたんだよ。もう殺人ロボットにされた奴もいる。深川で牛刀を振り回して通行人に重軽傷を負わせた中谷直人って元塾生は西崎に洗脳されて、犯行に及んだにちがいない」

「中谷は危険ドラッグでおかしくなってたんだよ。西崎先生が何かしたわけじゃない」

「そう思いたきゃ、そう思ってな。おまえ、目黒で無灯火の大型保冷車に轢き逃げされた伍東敏和と布川護のことは知ってるな？」

「知ってるよ。『アルカ』でも合宿でも、あいつらと一緒だったからね」

「伍東と布川は、西崎の自宅マンションを張り込んでたおれに襲いかかってきたんだ。けど、あの二人は逆にこっちにぶちのめされた。で、西崎が誰かに伍東と布川を始末させたんだろう」

「先生が、あの二人を始末させるわけない。西崎先生はおれたち全員を実の弟のようにかわいがってくれてたんだ」

博丈が叫ぶように言った。

「奴はみんなを更生させる振りして、単に利用してるだけなんだろう。合宿所に、渋谷で太田浩司って男を出刃庖丁で刺し殺した奴、それから新橋で二瓶琢磨って男をスパナで撲殺した野郎がいるな？」

「……………」

「肯定の沈黙ってやつか」

「渋谷と新橋で事件を起こした二人は、真人間になりたかったんだよ。さんざん悪さをしてきた半グレは世間の役に立つことをしなきゃ、人生をリセットできねえんだ」

「西崎がそう教えたんだな？」

「先生だけじゃなく、トレーナーたちもそう言ってたよ。おれ自身も、そう思いはじめてる」

「合宿所にトレーナーは何人いるんだ？」

「三人だよ。トレーナーたちは座禅、人間教育セミナー、格闘技訓練なんかを通じて、おれたちが生まれ変わる手助けをしてくれてるんだ。トレーナーたちはフランス陸軍の外人部隊にいたことがあるんで、ゲリラ戦術をよく知ってるんだよ」

「どんなことを習ってるんだ？」

「針金や縄で敵を絞殺する方法とか、素手による殺人術なんかも教えてもらったよ。後はナイフや手斧の使い方を習ったな。人間の急所なんかも詳しく教わったよ」

「やっぱり、殺人術を教え込まれてたのかな」

「おれたちは、意味のない人殺しをしようとは思っちゃいない。正しい、い、い、殺人をやれと西崎先生やトレーナーたちに言われてるからな」

「正しい殺人だと？」

多門は目を剝《む》いた。

「そう。おれたちは、法律では裁けない奴や生きてる価値のない人間を殺そうとしてる。だから、正しい殺人ってわけさ。そうすることによって、おれたちは真人間になれるんだ。人生をやり直せるんだよ」

「すっかりマインドコントロールされてしまったようだな。おまえ、耳の奥に異物感を覚えたことがあるんじゃないのか？」

「異物感？」

「そうだ。たとえば、何かが詰まってるような感じがするとか」

「そういうことはないけど、奥歯に被せてある詰め物《アマルガム》が合宿所に来てから、なんか浮いてる感じがするな」

博丈が言った。

多門はコマンドナイフを浮かせ、博丈を仰向けにさせた。椰子《やし》の実大《みだい》の膝頭で博丈の胸部を押さえつけ、寝かせた刃物を喉元に当てる。

「口をでかく開けて、奥歯の詰め物を外すんだ」

「どうして、そんなことを……」

「早く言われた通りにしろ!」

「わかったよ」

博丈が右手の指を二本、口の中に突っ込んだ。左側の奥歯を何度か揺り動かし、銀色の金属片を抓《つま》み出す。詰め物《アマルガム》だ。

多門はコマンドナイフを横ぐわえにすると、ライターに火を点けた。揺らめく炎が、あたりを仄《ほの》かに明るませた。

「詰め物の内側をこっちに向けろ」

「どういうことなんだよ? わけわかんないな」

博丈がぶつくさ言いながらも、銀色に鈍く光る詰め物《アマルガム》を前に突き出した。

多門は内側を仔細《しさい》に観察した。極小のコンデンサーのような物が埋まっている。

「何か詰まってるな」

「えっ」

博丈が詰め物の中を覗き込んだ。

「おそらく、そいつは骨伝導《こつでんどう》マイクを内蔵した超音波受信装置だろう。耳には聞こえない超音波は頬骨から頭蓋《ずがい》骨に伝わって、頭のどこかに埋められたトランスミッターから脳に流れ込んでるにちがいない」

「おたくの話は難しすぎて、よくわからないな」

「簡単に言っちまえば、おまえは超音波によって思考を操作されてる疑いがあるってことだよ」

「おたくこそ、おれをうまく言いくるめようとしてるんじゃないの？」

「坊や、もっと冷静になりな。そんな物が奥歯に嵌《は》められてること自体、おかしいと思わねえか？」

「それは思うけどさ」

「深川の事件で逮捕《パク》られた中谷直人の耳の奥には、マイクロチップ型の超音波受信装置が埋まってたんだ」

「ほ、ほんとかよ!?」

「ああ、嘘じゃない。おそらく西崎が直人を巧みに洗脳して、殺人指令を下したんだろう」

「信じられない話だ」

「大型保冷車に轢き殺された伍東と布川も西崎の命令に従って、このおれに襲いかかってきたにちがいない。それから渋谷と新橋で通り魔殺人をやった二人も、同じように西崎に利用されたと考えられる。どちらも、仕組まれた衝動殺人だったと考えていいだろう。被害者側には、共通点があるんだ」

「どんな?」

「殺された奴は凶悪な犯罪者だったんだ。しかし、精神障害で刑罰を免れたり、予想外に刑が軽かった連中なんだよ」

「西崎先生は、そいつらのことが赦《ゆる》せなかった?」

「多分、そうなんだろうな」

多門は短く答えた。

「だったらさ、先生は自分の手で……」

「奴は、てめえの手は汚したくないんだろう。刑務所《ムシヨ》暮らしの辛さを知ってるからな。西崎は四年ぐらい前に詐欺罪で一年数カ月の実刑を喰らった」

「嘘だろ!?」

博丈が素《す》っ頓狂《とんきよう》な声をあげた。多門は詳しい話をした。

「若い連中を言葉巧みに〝暗号資産投資〟に引きずり込んで、二億円近い金を騙し取ってたのか」

「それだけじゃない。西崎はアメリカで臨床心理士の資格を取ったと触れ回ってるが、そいつははったりだったんだ。ここまで言えば、西崎が信用できない奴だってことはわかるよな」

「おたくの言ってることが正しいとしたら、とんでもない野郎だな。てめえの手は汚さねえで、おれたちに人殺しを代行させるなんて、すごく狡《ずる》いよ。頭にきた」

博丈が大声を張り上げ、詰め物を投げ捨てた。

「おれに協力してくれるな？」

「おたく、何者なの？」

「私立探偵みたいなことをやってる。ある週刊誌記者がゴルフクラブで撲殺された事件を調べてるんだよ。合宿仲間が、その事件に絡んでるかもしれねえんだ」

「そんな事件を起こした奴はいないと思うがな」

「ま、それはいい。さっき仲間が逃げ出す前に、林の中で指笛が聞こえたろ？　あれは、女殺し屋の指笛か？」

「誰なんだよ、女殺し屋って？」

「鮫島理沙ってマブい女のことだ」

「知らないな。さっき指笛を鳴らしたのはトレーナーの鬼塚《おにづか》さんだよ。おれたち、鬼塚さんに連れられて、朝霧高原に来たんだ。おれは運悪く逃げ遅れちゃったんだよ」

「潰れたペンションは誰のものなんだ？」

「オーナーの名は知らない。おれたち、勝手に使ってるんだよ。ペンションを経営してた夫婦は、一年以上も前に東京に引っ越しちゃったらしい」

「合宿所に西崎はいるんだなっ」

「おれたちがペンションを出たときは、食堂で缶ビールを飲んでたよ」

「よし、十里木に行くぞ」

多門はライターの火を消し、博丈を掴み起こした。

山荘に引き返し、ボルボXC40の助手席に博丈を坐らせる。多門はすぐに車を走らせはじめた。

富士宮《ふじのみや》道路を北山《きたやま》まで南下し、そこから国道四六九号線に入った。道なりに走れば、やがて御殿場市に達する。

十里木は、南富士エバーグリーンラインという有料道路のそばにある別荘地だ。

四十分ほどボルボを走らせると、博丈が道案内をしはじめた。別荘地を抜け、さらに奥に進む。

「あっ、火事だ」

博丈が前方の山腹を指さした。

「合宿してる潰れたペンションのある方向なのか？」

「この先にはペンションしかない。おれがおたくに取っ捕まったんで、アジトを変えることになったんだろうな」

「で、建物を焼き払いやがったわけか」

「そうなんだと思う」

「まだペンションの近くに誰かいるかもしれないな」

多門は加速した。

ボルボはサスペンションを弾ませながら、勢いよく山道を登りはじめた。六、七分で、敵のアジトに着いた。かつてペンションとして使われていたメルヘンチックな建物は完全に炎に包まれている。人の姿はどこにも見当たらない。

「おれを見捨てて、みんなは……」

博丈が沈んだ声で呟《つぶや》いた。

「しょげるんじゃねえ。そっちは、危うく殺人ロボットにされるところだったんだ。見捨てられたことを喜ぶべきじゃねえか」

「そうか、そうだよね」

「西崎やトレーナーたちは二十五人の小僧たちを連れて、どこに行ったと思う?」

「わからない、わからないよ。もう喋っちゃう。合宿所には五人の若い娘《こ》もいたんだ」

「若い娘？」

「そう。その五人は、おれたちみんなの女だったんだ。おれたちはセックスしたくなると、その五人の誰とでもナニしていいことになってたんだ」

「その五人は、西崎がどっかから連れてきたんだな？」

「五人とも、新宿で見つけた家出少女らしいよ」

「西崎や三人のトレーナーも、その娘《こ》たちと寝てるのか？」

「いや、大人は代わりばんこに沼津あたりに出かけて、プロの女を買ってたみたいだな」

「そうか。おまえらは女のほかに銭も与えられてたんじゃないのか？」

「正しい殺人をやったら、百万円の報酬をくれるって言ってた」

「それは、西崎が言ったのか？」

「そうだよ」

「西崎はアンダーボスだろうな。奴のバックにゃ誰かいるんじゃないのかっ」

「わからないよ、おれには。でも、調べてみてもいいぜ。おれは西崎に裏切られたんだから、きっちり決着《オトシマエ》をつけたいんだ」

「それじゃ、こっちの助手にしてやろう」

「できるだけのことはするよ」

「ひとまず東京のおふくろさんの許《もと》に戻れ。家まで車で送ってやろう」

多門はボルボの向きを変え、来た道を下りはじめた。

スマートフォンが鳴った。

多門はダイニングテーブルの上に置いたスマートフォンを摑み上げた。午後二時過ぎだった。

「おれです。昨夜《ゆうべ》は、わざわざ家まで送ってくれてありがとう」

発信者は青山博丈だった。多門はきのうの晩、別れしなに博丈に自分のスマートフォンのナンバーを教えてやったのだ。

「家の人たち、喜んだだろう？」

「ええ、まあ。おふくろも親父も泣いちゃってね、まいりましたよ。中三の妹にゃ、親不孝だって意見されちゃった」

「そうか。ところで、何かあったのか？」

「少し前に西崎から連絡があったんだ」

「新しい合宿所に戻れって言われたんじゃねえのか？」

「うん、そう」

「場所はどこだって？」

「それは教えてくれなかったんだ。西崎自身が車でおれんちに迎えに来るって、午後四時に」

「西崎に従《つ》いてったら、危《ヤバ》いな。おそらく、そっちは消されるだろう」

「だとしても、おれ、尻尾《しっぽ》を巻きたくない」

「粋《いき》がってると、取り返しのつかないことになるぜ」

「それでもかまわないよ。おれを騙《だま》しやがった西崎は赦《ゆる》せないからね。それから、二十五人の合宿仲間も救い出してやりたいんだ」

「そっちがそこまで考えてるんだったら、わざと西崎の罠《わな》に嵌《は》まってみるか。もちろん、おまえひとりを行かせやしないよ。おれは午後四時前に洗足池《せんぞくいけ》のそっちの自宅の近くに張り込んでて、西崎の車を尾《つ》ける」

「そうしてもらえると、心強いな。やっぱ、おれひとりじゃ、心細いんだよね」

「安心しろ。西崎におかしなことはさせないよ」

「それじゃ、よろしく！」

「おい、西崎に反抗的な態度は見せるなよ。素直に新しい合宿所に戻る振りをするんだぞ。いいな」

多門は通話を切り上げた。ロングピースをくわえて、火を点ける。

西崎は博丈をどこかに誘い込んで、傭兵《ようへい》崩れのトレーナーに始末させる気でいるのだろう。トレーナーの鬼塚という男には、ボルボを見られているはずだ。レンタカーで西崎の車を尾行したほうがよさそうだ。

煙草を喫い終えたとき、またスマートフォンが着信音を発しはじめた。今度は、依頼人の結城真奈美からの電話だった。

「きのうの夜、甲府から戻ったの」

「いろいろ大変だったな。疲れたろ?」

「ええ、少しね。クマさん、その後、何かわかった?」

「陰謀が透《す》けてきたよ」

多門は経過を詳しく話した。

「従兄は西崎の悪事の証拠を摑んだのね」

「それは、もう間違いないだろう。西崎は青山博丈って坊やの口を封じる気でいるんだろうが、そうはさせない」

「クマさん、その博丈って子を絶対に護《まも》ってあげてね」

「ああ、任せてくれ」

「それからね、ちょっと気になることがあったの」

「何があったんだ？」

「留守中に三宿のマンションに誰かが侵入したようなのよ」

「なんだって!? 室内が荒らされてたのか？」

「別に荒らされてはいなかったんだけど、玄関ドアの鍵穴に引っ掻《か》き傷みたいなものがあったの」

「ピッキングされたのかもしれないな」

「わたしも、そう思ったわ。で、両隣の部屋に住んでる方たちに怪しい人物を見かけたかどうか訊いてみたのよ。そうしたら、三十一、二歳の男性がわたしの部屋の前を行ったり来たりしてたって言うの」

「そいつは、どんな奴だったって？ 人相なんかも訊いたんだろう？」

「ええ、もちろん。こんなことを軽々しく言ってはいけないんだろうけど、不審な男の特徴が従兄の記者仲間の……」

真奈美が言い澱《よど》んだ。

「石戸透にそっくりだった？」

「そうなのよ。でも、単なる偶然なんじゃないかな。石戸さんは従兄と仲がよかったようだし、犯人捜しには協力してくれたでしょ？」

「うん、まあ。しかし、別れさせ屋の布施潤はゴルフクラブによる撲殺事件には関与してなかった。布施にはアリバイがあったからな」

「クマさん、何が言いたいの？」

「意地の悪い見方をすりゃ、石戸透はわざとこっちの目を元ホストの布施に向けさせようとしたとも疑える」

「なんの証拠もないのに、そこまで疑うのはまずいんじゃない？」

「ま、そうだな。ついでに、訊いておこう。石戸透は、真奈美ちゃんの従兄の告別式に列席した？」

「本通夜には顔を出してくれたけど、告別式には見えなかったの。どうしてもキャンセルできない取材があるとかでね」

「ふうん」

「クマさん、不審者の姿かたちが石戸さんに似てたって話は忘れて。いくらなんでも、石戸さんがわたしの部屋に忍び込もうとしたなんてことは考えられないもの」

「石戸記者の話はともかく、侵入者は真奈美ちゃんが従兄から何か預かってると思ったのかもしれないな。たとえば、ＩＣレコーダーとか画像データとかさ」

「そうだとしたら、犯人側はまだ証拠を湮滅《いんめつ》してないってことになるわよね」

「ああ。多分、真奈美ちゃんの従兄はＩＣレコーダーの音声か画像データをどこかに隠してあるんだろう」

「そうなのかな」

「それだから、誰かが真奈美ちゃんの部屋に侵入したんだろう。ＩＣレコーダーや画像データの隠し場所、甲府の伯母さんに心当たりがないかな？」

「わたし、それとなく訊いてみるわ。何かわかったら、連絡するね」

「ああ、頼む」

「クマさん、気をつけてね。死んじゃ、いやよ」

「死にゃしねえさ。おれは不死身だからな」

多門は真奈美を安心させ、先に電話を切った。椅子から立ち上がり、外出の支度をした。ほどなく部屋を出て、ボルボに乗り込む。数キロ離れた場所にレンタカーの営業所があった。

多門はレンタカー営業所に車を走らせ、黒いクラウンを借りた。そのレンタカーで、青山博丈の自宅に向かう。

目的地に着いたのは三時二十分ごろだった。

博丈の家は洗足池の近くの閑静な住宅街の一角にあった。多門は青山家の周辺を一巡してから、クラウンを路上に停めた。博丈の家から四十メートルほど離れた場所だった。

多門は紫煙をくゆらせながら、絶えずミラーに目をやった。

博丈の自宅の前に濃紺のワンボックスカーが横づけされたのは、四時数分前だった。

多門はクラウンを静かに発進させた。十四、五メートル、ワンボックスカーに近づく。多門はナンバーの数字を読み取り、素早くメモした。

ワンボックスカーの運転席から、黒縁の眼鏡をかけた男が降りた。西崎だ。

多門はミラーを見た。後方に不審な車は見当たらない。

西崎が青山家の門扉《もんぴ》を通り抜け、敷地の中に消えた。
七、八分が過ぎたころ、西崎と博丈が姿を見せた。二人の後から、四十二、三歳の女が現われた。博丈の母親だろう。
女が硬い表情で西崎に何か言い、博丈の片腕を摑んだ。アロハシャツにショートパンツという軽装の博丈は短く何か言い、女を突き飛ばした。

西崎が目顔《めがお》で博丈を促《うなが》す。

博丈は小さくうなずき、ワンボックスカーの助手席に乗り込んだ。西崎が博丈の母と思われる四十女に短い言葉をかけ、あたふたと運転席に入った。女は途方に暮れた様子で路上に立ち尽くしていた。

ワンボックスカーが走りはじめた。

多門は十数秒の間を置いてから、クラウンを発進させた。ワンボックスカーは近くの中原《なかはら》街道に出ると、五反田《ごたんだ》方面に向かった。

多門は細心の注意を払いながら、西崎の車を追尾した。

ワンボックスカーはJR五反田駅を通過し、桜田《さくらだ》通りに入った。白金台《しろかねだい》二丁目の交差点を左折し、ほどなく白っぽい建物の駐車場に滑り込んだ。

そこは、マンスリーマンションだった。八階建てで、道路に面した駐車場には十数台の乗用車が見える。

多門はマンスリーマンションの数十メートル手前にレンタカーを停めた。

ワンボックスカーから出てきた西崎と博丈が、肩を並べてマンスリーマンションの表玄関に向かった。博丈は不安顔だった。

じきに二人の姿が見えなくなった。

多門はレンタカーを降り、マンスリーマンションに向かって走った。表玄関前の植え込みに身を潜《ひそ》め、エントランスロビーを覗《のぞ》き込む。

西崎と博丈はエレベーターホールにたたずんでいた。ロビーには、フロントはなかった。

西崎たち二人がエレベーターの函《ケージ》に乗り込む。

函の扉が閉まった。

多門はロビーに走り入った。エレベーターの階数表示盤を見上げると、ランプは六階に灯《とも》っていた。西崎の借りた部屋は六階のどこかにあるようだ。

多門はエレベーターで六階に上がった。

エレベーターホールにも廊下にも、人の姿はなかった。六階には、ちょうど十室あった。

西崎と博丈は、どの部屋に入ったのか。

多門は各室のドアに耳を押し当ててみた。だが、どの部屋からも人の話し声は聞こえてこない。

さて、どうするか。多門は、あたりを見回した。

すると、エレベーターホールの近くに火災報知機があった。妙案が閃《ひらめ》いた。

多門は火災報知機に近づき、プラスチックカバーごとスイッチボタンを押した。ほとんど同時に、警報ブザーが高く鳴り響きはじめた。

多門はエレベーターホールの死角になる場所に身を隠し、廊下に視線を投げた。

各室から人々が飛び出してくる。男の数のほうが多い。

西崎は左端の部屋から走り出てきた。だが、すぐに部屋に戻った。火災報知機が誤作動したことを覚《さと》ったようだ。

「誰かが、いたずらしたらしいな」

五十年配の男が居合わせた男女に言い、ブザーを停止させた。入居者たちは苦笑しながら、安堵《あんど》した表情で各室に戻った。

多門は幸運にも誰にも見つからなかった。数分過ぎてから、西崎たちのいる部屋に足を向けた。ドアはホテル仕様で、スコープは付いていなかった。

多門はノックした。待つほどもなくドア越しに西崎の声が聞こえた。

「どなたでしょう?」

「わたし、所轄署の者です。実は、このマンスリーマンションに時限爆破装置を仕掛けたという予告電話があったんですよ」

多門は、でまかせを口にした。

「ほんとですか!?」

「もちろん、事実です。それで、各室を点検させてもらってるんですよ。ご協力願えますね?」

「わかりました」

西崎が内錠を外した。

ってきた。

ドアが細く開けられた。多門はドアを強く蹴った。西崎が呻《うめ》いて、床に倒れる気配が伝わってきた。

多門は部屋の中に躍《おど》り込んだ。

西崎が身を起こしかけていた。多門は西崎の胸にキックを見舞った。西崎は仰向《あおむ》けに引っくり返った。奥のベッドに博丈が俯《うつぶ》せに倒れ込んでいる。

多門は呼びかけた。だが、なんの応答もなかった。

「青山博丈に麻酔注射をしたらしいな」

多門は西崎に歩み寄った。

西崎が横たわったまま、懐を探った。デトニクスを忍ばせているのだろう。

多門は踏み込んで、西崎の顎を蹴り上げた。西崎が後頭部を床に打ちつけ、長く唸った。

多門は屈み込んで、西崎の上着の内ポケットに手を突っ込んだ。

指先に固い物が触れた。ひんやりと冷たい。拳銃の手触りだ。

多門は摑んで引き抜いた。やはり、デトニクスだった。多門は西崎のこめかみに蹴りを入れてから、デトニクスのマガジンキャッチのリリースボタンを押した。

銃把《グリップ》から手早く弾倉《マガジン》を引き抜く。六つの実包が装塡《そうてん》されていた。弾倉を銃把の中に戻し、スライドを引く。初弾が薬室《チャンバー》に送り込まれた。

多門はベッドから枕を掴み上げ、銃口に押し当てた。そのまま、西崎のかたわらにしゃがみ込む。

「きょうは逃がさねえぜ」

「おれをここで撃つつもりなのか!?」

「そいつは、てめえの出方次第だな」

「なんてことなんだ」

西崎がぼやいた。

「博丈を新しい合宿所に連れてく気だったんじゃねえのか?」

「………」

「ここが新しいアジトってことはなさそうだな。てめえは、ここで博丈を始末する気だった。そうだったんじゃねえのかっ」

「それは違う。後で、青山を新しい合宿所に連れてくつもりだったんだ。麻酔注射で青山を眠らせたのは、あいつがおれのことを信じられないとか何とか言いはじめたからなんだよ」

「てめえらは廃業したペンションに火を放って、どこに移ったんだっ」

「それは……」

「時間稼ぎはさせねえぞ」

多門は枕を西崎の右の太腿に宛《あて》がい、銃口を強く押しつけた。

「ここで、ぶっ放すつもりなのか!?」

「そうだ」

「や、やめろ。撃たないでくれ」

「新アジトはどこなんだっ」

「そ、それを言ったら、おれは消されてしまう」

「てめえらのやってることは、だいたいわかってる。ただ、黒幕の顔が見えねえんだよ。新しい合宿先とビッグボスの名を喋ってもらおうか」

「それだけは言えない。お願いだから、勘弁してくれ」

西崎が哀願し、両手を合わせた。

多門は無造作に引き金を絞った。くぐもった銃声がし、西崎が歯を剝《む》いて唸った。

「次は肩を撃《ハジ》くぜ」

「撃つな。撃たないでくれーっ」

「早く口《こ》を割りゃ、撃かねえよ」

多門は焦げた枕を西崎の右肩に押し当て、銃口を浅く沈めた。

そのとき、ドアの開閉音がした。多門は振り向く前に、首の後ろに何かを撃ち込まれた。

拳銃弾ではなさそうだ。麻酔弾かもしれない。

多門は片膝で体を支え、体の向きを変えた。

ドアの近くに、黒いフェイスキャップを被った男が立っていた。トレーナーの鬼塚なのか。手にしているのは、バッテリー式の麻酔銃だった。

「しばらくおねんねするんだな」

男が言った。

「てめえ、鬼塚か?」

「くっくく」

「答えやがれ!」

多門はデトニクスの銃口をフェイスキャップを被った男に向けた。引き金の遊びを絞りきったとき、視界が大きく揺れた。次の瞬間、全身の力がいっぺんに抜けた。

多門は昏睡《こんすい》状態に陥《おちい》った。

それから、どれほど時間が流れたのか。多門は鼻先を掠《かす》める硝煙《しょうえん》の臭いで意識を取り戻した。床に俯せになっていた。

右手にデトニクスを握らされている。すぐそばには眉間、左胸、股間を撃たれた西崎が仰向けに倒れていた。濃い血の臭いで、むせそうだった。多門はベッドの上を見た。青山博丈の姿は消えていた。黒いフェイスキャップの男が博丈をどこかに連れ去ったのだろう。

自分が西崎を射殺したように小細工したのだろうが、そんな幼稚なトリックは通用しない。

多門は起き上がって、デトニクスの指紋や掌紋《しょうもん》をきれいに拭《ぬぐ》った。拳銃を死体のそばに落とし、急いで部屋を出た。

すると、廊下に大勢の男女が群れていた。さすがに多門は落ち着かなくなった。自然に伏し目になってしまった。

「さっき銃声のような音がしましたが、いったい何があったんです？」

中年の男が問いかけてきた。

多門は無言で首を横に振って、人垣を両手で搔き分けた。野次馬たちが気圧《けお》されたように、路《みち》を大きく開けた。

多門はエレベーター乗り場に急いだ。

3

店内には、香ばしい匂いが満ちていた。

高輪《たかなわ》署の並びにある焼鳥屋だ。カウンター席とテーブル席が四卓あった。

多門は奥のテーブル席でビールを傾けていた。白金台のマンスリーマンションを出てから、およそ二時間が過ぎている。

多門は新橋の法律事務所にいた杉浦を呼び出して、所轄署で情報を手に入れてくれと頼んだのだ。かれこれ三十分近く杉浦を待っている。

その間に、多門は十五本の焼鳥を平らげた。名古屋産の地鶏を備長炭《びんちょうたん》で丁寧《ていねい》に焼き上げた人気メニューは、確かにうまかった。セット料金千八百円は安すぎる。

多門はすぐにも同じ焼鳥セットを追加注文したかったが、ぐっと堪《こら》えた。杉浦は警察学校で同期だった刑事に接触して、懸命に西崎殺しに関する情報を集めてくれている。自分だけ呑気《のんき》に腹ごしらえをしていては、杉浦に申し訳ない。

多門は生ビールの大ジョッキだけを追加注文し、煙草に火を点けた。

まだ六時半を回ったばかりだからか、客の姿は疎《まば》らだった。会社帰りと思《おぼ》しいサラリーマンたちが何組かいるだけだ。

二杯目のジョッキを空《あ》けたとき、杉浦がやってきた。

多門は杉浦が坐ると、すぐにビールと焼鳥セットを頼んだ。鳥刺し、板わさ、枝豆、冷や奴《やっこ》などもオーダーした。

「まずワンボックスカーのことから話そう。ナンバーから所有者はすぐに割れたんだが、問題の車は五日前に盗まれてた。所轄署にちゃんと盗難届が出されてるって話だったから、車の所有者を洗っても意味ないだろう」

「やっぱり、盗難車を使ってやがったのか。そうじゃねえかと思ってたんだ」

「クマ、そうがっかりするなって。それなりの収穫もあったよ。事件現場のマンスリーマンションを借りた人物がわかったぞ」

「誰だったの？」

「塚田保《つかだたもつ》という弁護士だよ。塚田はまだ四十六歳なんだが、なかなか遣《や》り手でな。わずか三十二歳で、自分の法律事務所《ローファーム》を持った。普通なら、その年齢じゃ居候弁護士《イソベン》だ」

「だろうね」

「遣り手の弁護士は敵も多い。塚田はある民事訴訟で相手方の恨みを買い、ナイフで腰を刺された。一命は取り留《と》めたんだが、筋肉と神経を切断されてしまったんだ。ちょうど二年前のことだよ」

「怪我は、もう治ったんだろう？」

「いや、完治はしてねえらしい。事件から丸二年が経つというのに、いまも痛み止めの錠剤で激痛を抑《おさ》えてるそうだ」

杉浦が口を閉じた。ビールの大ジョッキや酒肴《しゅこう》が運ばれてきたからだ。焼鳥セットを除き、注文したつまみが卓上に並べられた。

店員が下がると、多門は先に言葉を発した。

「そんな状況じゃ、弁護士活動もできないんじゃないか」

「依頼件数はだいぶ減ったようだな。塚田を刺した犯人は殺人未遂じゃなく、単なる傷害罪で起訴されて一年九カ月の服役で仮出所した。そいつの身内に高裁のエリート判事がいたらしいんだ」

「それで、殺人未遂じゃ起訴できなかったわけか」

「そういうことなんだろう。塚田弁護士は当然、不服だったと思うよ。最初は、とことん裁判で争う気だったにちがいない。しかし、間歇《かんけつ》的に襲ってくる激痛のことを考えると、長い訴訟に耐えられないと思ったんだろうな」

「なるほど、そういうことか」

「人生、何が起こるかわからねえな」

杉浦が言って、ハイライトをくわえた。

ちょうどそのとき、二人分の焼鳥セットが届けられた。

「杉さん、ここの焼鳥はうまいよ。実はおれ、これで二皿目なんだ。よかったら、何皿でもお代わりしてくれないか」

「クマじゃあるめえし、そんなにゃ喰えねえよ」

「杉さんは小柄だからなあ。胃もおれの半分しかないんだろう」

「この野郎、気にしてることを言うんじゃねえよ。おれは物心ついてから、体が小せえことをずっと引け目に感じてきたんだ」

「悪い、悪い！ 別に他意はなかったんだよ。話をつづけてくれないか」

「塚田弁護士は自分が理不尽な目に遭ったせいか、事件後、犯罪被害者の権利の確立を急ぐ必要があると雑誌に寄稿したり、講演したりするようになったんだ。それから少年犯罪の加害者を国が庇《かば》いすぎてると不満を洩らし、少年法の適用年齢を満十三歳まで引き下げるべきだと主張してる。さらに加害者の精神鑑定は最低三回は行なうべきだとも言ってるんだ」

「犯罪被害者たちが割を喰ってることは確かだよね。一年ぐらい前にテレビのドキュメンタリー番組で観《み》たんだが、あるＯＬが人違いされて帰宅途中に若い男にガソリンを全身にぶっかけられ、火達磨《ひだるま》にされたらしいんだ」

「ひでえ話だな」

「その彼女は命は失わなかったものの、六年間に二十数回も皮膚移植手術を受けなきゃならなかったというんだ。役所の福祉課に通って治療費の一部を負担してもらったらしいんだが、担当者に甘えてると厭味《いやみ》を言われたんだってさ。加害者のほうは六年の刑期を終えて、もう社会復帰してるそうだ」

多門は言った。

「犯罪被害者たちには一時《いっとき》世間の同情が集まるが、じきに忘れられる。労災の適用が認められるケースは少ないし、犯罪被害者等給付金は殺された場合と重度の障害者になったときにしか支払われてない。それだって、平均で四百万円そこそこだ。もちろん、加害者側から賠償された場合は一円も貰えない」

「いまの司法システムは、どうも加害者に甘いね。だからって、少年法の適用年齢を十二歳まで引き下げろっていう塚田の考えは極論だよ。だいたいガキたちに重い刑罰を与えれば、凶悪な犯罪が減ると思うほうが楽観的すぎる」

「クマの言う通りだろうな。法的な縛りがきつくなったからって、犯罪は減るもんじゃない。現代社会そのものが歪《ゆが》んでるわけだからな。大人だって、ガキだって、てめえを律しきれなくなりゃ、キレちまうさ」

杉浦がそう言い、ビールで喉を潤した。

「なんか話が逸《そ》れたけど、その塚田弁護士と西崎には何か接点があった？」

「あったよ。四年ほど前に西崎季之が詐欺で検挙《アゲ》られたとき、塚田が奴の弁護を引き受けたんだ。塚田の力で、刑期がだいぶ短くなったんだろう」

「ああ、多分ね。弁護士の塚田が、貸しのある西崎を操ってたんだろうか」

「そのあたりは何とも言えねえが、一連の仕組まれた衝動殺人事件に塚田が関与してる疑いはあるな。渋谷で刺された太田浩司、それから新橋の路上で大型スパナで撲殺された二瓶琢磨はそれぞれ犯罪加害者だ。しかも太田のほうは心神耗弱ってことで、刑事罰を免れてる」

「二瓶の刑も重いとは言えないな。犯罪被害に遭ってる塚田が犯罪加害者たちをもっと懲らしめてやりたいと思っても、少しも不思議じゃないよね？」

「ああ。だからって、現役弁護士の塚田がてめえの手で赦《ゆる》せないと思ってる犯罪加害者たちを抹殺するわけにはいかない。そこで、塚田は貸しのある西崎に私刑執行人を探させたんじゃねえのか」

「西崎は『アルカ』の塾生の中でキレやすい奴を二十九人選び出して、催眠術、薬物、超音波なんかを使って巧みに悪人狩りを煽《あお》ったってこと？」

多門は確かめた。

「そう。ただ、超音波を悪用してるところを見ると、西崎と塚田だけの犯罪《ヤマ》じゃなさそうだな。少なくとも、電子工学のエキスパートを仲間に抱き込んでるはずだ」

「それどころか、もっと共犯者が大勢いるんじゃないのかな。拉致《らち》された青山博丈の話だと、合宿所には傭兵《ようへい》崩れのトレーナーが三人もいるらしいからね。それから、おれは鮫島理沙って美人殺し屋にも命を狙われた」

「その後、女殺し屋の影は？」

「いまんところ彼女の影は感じてないが、また襲ってくるだろうな」

「クマが言ったように、大がかりな秘密処刑組織があるのかもしれねえぞ。そうだったとしたら、塚田の背後に大物の首謀者がいるんだろう」

「その可能性はありそうだね。杉さん、どんな奴が黒幕だと思う？」

「特定の職業はわからねえが、その人物自身か身内が塚田と同じように犯罪被害者になったことがあるんだろうな」

杉浦が言って、焼鳥に喰らいついた。ひと噛みして、ナイフのような鋭い目を和《なご》ませた。

「冷めないうちに喰いなよ。それはそうと、杉さんに塚田の個人的なことを詳しく調べてもらいたいんだ」

「あいよ。おれも、その気でいたんだ」

「家族構成や交友関係のほかに、どこかに別荘を持ってるかどうかもチェックしてほしいんだよ。塚田所有の山荘が新しい合宿所として使われてる可能性もあるからね」

「わかった。調べられることは、すべて調べてみらあ」

「よろしく！　杉さん、依頼人の結城真奈美が甲府に行って留守にしてる間に誰かが彼女のマンションに忍び込んだみたいなんだよ」

　多門はそう前置きして、真奈美から聞いた話をそっくり伝えた。

「不審な男は、『週刊エッジ』の特約記者の石戸透って奴に似てたっていうのか」

「そうなんだよ。石戸が敵と通じてるとしたら、こっちの動きは筒抜けになっちまう」

「そうだな。ついでに、石戸って男の動きも探ってみるよ」

　杉浦はそう言うと、焼鳥をがつがつと食べはじめた。鳥刺しや板わさにも箸《はし》をつけた。空腹だったのだろう。

　多門は、わざと話しかけなかった。黙ってビールを傾けていると、懐でスマートフォンが打ち震えた。この店に入る前にマナーモードに切り換えておいたのだ。

「ちょっと悪い！」

　多門は杉浦にひと言断って、スマートフォンを耳に当てた。

「あたしよ」

　チコの声だった。

「用件を手短に言いな。おめえと遊んでる暇はねえんだ」

「そんなふうに冷たくあしらわれると、あたしって、かえって燃えちゃうタイプなのよね。もうクマさんなしじゃ、生きられなーい」

「ま、待ってよ。その後、どうなったかと思って、電話してみたの」

「まだ調査中だよ。おれは忙しいんだ」

「クマさん、少し息抜きしたほうがいいわ。なんか声が棘々《とげとげ》しいもの。これから、お店に飲みにいらっしゃいよ。あたし、うーんとサービスするからさ」

「うるせえんだよ」

多門は一方的に電話を切った。

「電話の相手、チコだろ？」

「そう。うざってえ野郎だよ、まったく」

「クマもとんでもない相手に惚れられたもんだな」

「最悪だよ」

「けど、チコはいい奴だ。クマ、あいつをあんまりいじめるなよ。たまには、キスぐらいしてやれや」

「杉さん、悪い冗談はやめてくれよ」

「ふっふふ」

杉浦が愉《たの》しそうに笑い、グラスを傾けた。


「電話、切るぞ」

二人は八時過ぎまで飲んだ。多門は車で杉浦を渋谷駅まで送り、神宮前三丁目にある寺町梢の自宅に向かった。

白い洋風住宅の門灯は点《つ》いていた。家の中も明るかった。美人社長は自宅で寛《くつろ》いでいるようだ。

多門はインターフォンを鳴らした。

少し待つと、スピーカーから梢のしっとりとした声が流れてきた。

「どちらさまでしょう？」

「多門だよ」

「あら、来てくださったの。嬉しいわ。わたし、あなたにお目にかかりたいと思ってたの」

「ちょっと訊きたいことがあるんだ」

「どうぞお入りになって」

「それじゃ、お邪魔するよ」

多門は門扉を押し開け、石畳のアプローチを大股で進んだ。

ポーチに上がると、梢が玄関のドアを開けた。

インド更紗《さらさ》の涼しげなドレスを着ていた。襟刳《えりぐ》りが深く、乳房の膨らみが零《こぼ》れかけている。悩ましかった。

多門は居間に導かれた。長椅子に腰かけると、梢が言った。

「ビールがよろしいかしら？　それとも、ウイスキーにします？」

「酒を飲む前に話をしようや。西崎のことは、もうテレビのニュースで知ってるだろ？」

「ううん、彼がどうかしたの？」

「奴は殺されたよ、数時間前にな」

「ほんとなの!?」

「坐ろうか」

「ええ」

梢が向かい合う位置に浅く腰かけた。

多門は経緯《いきさつ》をつぶさに語った。

「危うく多門さんは、西崎殺しの犯人にさせられるところだったのね」

「そうなんだ。意識が戻らないうちに西崎の死体が誰かに発見されてたら、まず警察はおれを疑っただろうな」

「でしょうね」

「もっとも科学捜査の時代だから、火薬の残滓《ざんし》量や射入孔《しやにゆうこう》の角度なんかで、おれが真犯人じゃないことはいずれ判明するだろうがね。けど、それまでは犯人扱いされてただろうな」

ってたんでな」

「仲間が西崎の口を封じたことは間違いないだろう。こっちが西崎のことをいろいろ嗅《か》ぎ回ってたんでな」

「それじゃ、犯人の見当はもうついてるの？」

「共犯者の犯行だってことははっきりしてるんだが、まだ犯人を特定できるところまではきてないんだ」

「そうなの。こういう言い方は不謹慎かもしれないけど、西崎が死んだと聞いたとき、わたしはほっとしたわ。詐欺師みたいな男の手練手管《てれんてくだ》に引っかかってしまったことが世間に知られたら、いい恥曝《さら》しだもの」

梢が言った。

「ま、そうだな。あんた、西崎のマンションのスペアキーを預かってるんじゃないのか？」

「いいえ。彼はわたしにスペアキーを預けるどころか、自分の部屋に入れることも渋ったの。だから、わたしは室内の様子もよくわからないのよ」

「そうなのか。西崎から塚田保という名の弁護士のことを聞いたことはある？」

「ううん、一度もないわ。その塚田という弁護士が西崎の共犯者なの？」

「その疑いが濃いんだ。ところで、西崎の知り合いに電子工学の技術者がいると思われるんだが、どうだろう？」

「そういう男性が知人にいるようなことは、いつだったか、彼、洩《も》らしてたわ。そのとき、超音波を心理療法に取り入れれば、もっと成果が上がるとも言ってた。だけど、『アルカ』は病院じゃないからって、わたし、断ったんです」

「そいつだ。西崎はその男と組んで、二十九人の性格の荒っぽい塾生たちをマインドコントロールしてたにちがいない。薬物や超音波を使ってな。そいつの名前、思い出せないかい？」

「西崎は、その男の名前までは言わなかったの。優秀な人物だってことは、くどいぐらいに言ってたけど」

「そうか」

多門は軽い失望を味わった。梢に会えば、何か手がかりを得られるかもしれないと考えていたのである。

「青山君たち二十六人の塾生は、どこにいるのかしら？　わたし、心配だわ」

「さっき話した弁護士の別荘かどこかにいるような気がしてるんだが……」

「多門さん、なんとか彼らを救い出してあげて。西崎の特別治療を受けた二十九人の子たちは無断で『アルカ』をやめた形なんだけど、わたしにも責任はあるわけだから。残りの二十六人を救出してくれたら、もちろん謝礼を差し上げます」

「おれ自身のため、二十六人の元塾生は必ず救い出す。青山博丈って坊やは親の家にいったん戻ったんだが、仲間たちを救い出したくて、あえて西崎の罠《わな》に嵌《は》まったんだからな。そう仕向けたのは、このおれなんだ。銭金《ぜにかね》抜きで、おれは博丈を敵の手から取り戻さなきゃならないんだよ」

「俠気《おとこぎ》があるのね、あなたは。ちょっと時代遅れかもしれないけど、わたしは多門さんみたいな男性、嫌いじゃないわ」

「ありがとよ。お世辞でも美人にそう言われると、悪い気はしないよ」

「お世辞なんかじゃなく、本当にそう思ってるの」

「なら、余計に嬉しいな」

「ね、お酒、二階のゲストルームで飲みません？」

「シャワールーム付きの例の寝室だな？」

「ええ。いいでしょ？」

梢が鼻にかかった声でせがんだ。その目は妖《あや》しく光っていた。

多門は笑みを浮かべ、すっくと立ち上がった。

第五章　修羅《しゅら》の妄執《もうしゅう》

1

拍手が鳴り熄《や》まない。

およそ四十分の講演を終えた社会心理学者は、満足げな表情で壇上から降りた。

千代田《ちよだ》区内にあるシティホテルのホールだ。十三階である。〝異常な少年犯罪〟と題された講演会会場には、約二百五十人の聴講者が詰めかけていた。

多門は最後列の端に坐っていた。

この講演の主催団体は、『全日本犯罪被害者の会』だった。塚田弁護士は、同団体の代表幹事を務《つと》めている。

最初の講演者である五十代半《なか》ばの男性社会心理学者は過去に起こったバスジャック事件や

主婦刺殺事件の十七歳の犯人たちの家庭環境に触れながら、父性の不在が少年犯罪に影を落としていると結んだ。

その説は、さんざんマスコミが書き立てていた。退屈な講演だった。多門は社会心理学者の話を半分も聞いていなかった。

前夜、梢の自宅のゲストルームでの痴戯《ちぎ》を思い出して、にやにやしていた。すでに他人でなくなっていたからか、美人女社長は実に大胆だった。

裸身を惜《お》しみなく晒《さら》し、多門の体を貪《むさぼ》った。

長い情事が終わったとき、どちらも汗塗《まみ》れだった。梢は朝まで一緒にいたがったが、多門は午前二時過ぎに自宅マンションに戻った。

杉浦から連絡があったのは、きょうの昼過ぎだった。

塚田は妻子持ちだったが、若い女性検事と不倫の関係にあるという。不倫相手の御園洋子《みそのようこ》は三十一歳で、離婚歴があるらしい。

また、塚田弁護士は著名な精神科医の八雲祐輔《やぐもゆうすけ》と親交があるという話だった。しばしばテレビにゲスト出演している八雲は四十五歳だが、髪はすでにロマンスグレイだ。知的な顔立ちで、主婦層に人気がある。

杉浦の報告によると、八雲の妻は覚醒剤中毒の無職男性に路上で刺身庖丁で背中を刺し貫かれて、四年前に死亡したらしい。八雲は東都《とうと》医科大病院の精神科に勤めている。

杉浦の調査だと、塚田はどこにも別荘は所有していないらしい。弁護士のセカンドハウスが敵の新しいアジトだと思っていたが、外れてしまった。それにしても、杉浦は腕っこきの調査員だ。たった半日で自分が知りたいことを調べてくれて、今夜の講演のことまで教えてくれた。

多門は腕時計を見た。午後七時五十分過ぎだった。

司会者のアナウンスがあり、教育評論家が演壇の前に立った。六十二、三歳の男で、鶴のように痩《や》せている。元公立中学校校長だ。

教育評論家は、受験勉強と競争社会が子供たちの心を歪《いびつ》にしてしまったと嘆いた。論法にシャープさは感じられなかった。何度も欠伸《あくび》が出そうになった。

ほかの聴講者たちも、熱心には耳を傾けていなかった。教育評論家の講演は三十分弱で終わった。

最後の講演者は塚田弁護士だった。

塚田は中肉中背だが、エネルギッシュな感じだ。角張った顔で、意志が強そうだった。

弁護士の塚田は刺された腰の痛みがいまも消えないという話を枕に振り、頻発《ひんぱつ》する凶悪な少年犯罪のことを語りはじめた。犯罪加害者に対する憤《いきどお》りが生々しく伝わってきた。

塚田は少年法の適用年齢を満十二歳まで引き下げるべきだという持論を声高《こわだか》に訴え、壇上から降りた。拍手は、ひときわ高かった。おおかた聴講者の大半は、『全日本犯罪被害者の会』のメンバーなのだろう。

すべての講演が終わった。

多門は椅子から立ち上がり、いち早く廊下に出た。物陰に隠れて時間を遣《や》り過ごす。塚田を尾行する気になってきた。

会場から三々五々、聴講者の男女が出てきた。多門は、その中に意外な人物の顔を見つけた。それは女友達の中里亜弓だった。

多門は亜弓に歩み寄った。

「あら、クマさんじゃないの!?」

「亜弓ちゃん、講演を聴きに来たのか?」

「うん、そう。クマさんも?」

「ああ、ちょっとな。おれのことより、なんでまた亜弓ちゃんがこんな所にいるんだい?」

「去年の夏、同僚のエステティシャンだった二十二の娘《こ》が池袋《いけぶくろ》で十代の男の子三人に無理矢理に車に乗せられて、荒川上流の河川敷《かせんしき》で輪姦《りんかん》されちゃったの」

「なんてこった」

「その娘、事件のことを彼氏に内緒にしておくことができなくて、思い切って告白したんだって。そしたら、彼氏は……」

「その彼女の許《もと》から去ったんだな」

「ええ、そうなの。その娘は二重のショックから、自宅アパートでガス自殺を図ったのよ。幸いにも一命は取り留めたんだけど、ガス中毒の後遺症で脳神経をやられちゃって、ベッドで寝たきりの状態になってしまったの」

亜弓が同情を込めた声で説明した。

「気の毒な話だな。で、亜弓ちゃんはその娘の支えになってあげたいと思ったわけか」

「そうなの。彼女をレイプした三人の十七歳の子たちは少年院に入れられてるんだけど、彼らの親は一度も詫《わ》びにも来てないらしいのよ。ひどい話でしょう？」

「ああ、ひでえな」

「彼女の家族は泣き寝入りするほかないみたいなことを言ってるんだけど、わたし、三人の少年の親たちに何らかの補償をさせるべきだと思ったの。それで、『全日本犯罪被害者の会』の代表幹事に相談に来たのよ。講演が終わった直後に、代表幹事の塚田弁護士に力になってほしいと訴えたんだけど、会の活動で忙しいから、別の弁護士に相談してみてくれって断られちゃった。がっかりだわ」

「東京弁護士会に電話すれば、適当な弁護士を紹介してくれると思うよ」

「そうなの。わたし、そういう方面には疎《うと》いんで、わからなかったわ。一度、東京弁護士会に相談に行ってみる」

「そうしなよ」

「クマさん、このホテルのラウンジバーで軽く飲まない?」

「ごめん! これから予定があるんだ」

多門は言った。

「ほんとに?」

「ああ」

「気が向いたら、いつでも電話して」

亜弓はそう言い、足早に遠ざかっていった。

多門は呼びとめたい衝動を抑《おさ》えて、身を隠していた場所に戻った。聴講者の姿は、いつの間にか疎《まば》らになっていた。

少し待つと、ホールから講演者たちが現われた。塚田は社会心理学者と教育評論家をエレベーターホールまで見送り、講演会場に引き返した。スタッフたちと打ち上げをやることになっているのかもしれない。

同じ場所にいると、怪しまれそうだ。

多門は、エレベーターホールの向こう側にあるテレフォンブースまで歩いた。ブースのそばに、大きな観葉植物の鉢が置いてある。枝葉は繁っていた。

多門は、その陰に回り込んだ。塚田がホールから出てきたのは十時過ぎだった。連れはいなかった。

塚田は腕時計に目をやると、あたふたとエレベーターに乗り込んだ。誰かとどこかで落ち合うことになっているのだろうか。

多門は函《ケージ》の扉が閉まる寸前に、塚田と同じエレベーターに飛び乗った。二人だけだった。

塚田とは一面識もない。堂々としていよう。多門は自分に言い聞かせ、腕組みをした。真後ろにいる塚田がネクタイの結び目を緩める気配がした。

エレベーターが下降しはじめた。

八階でケージが停止し、初老の白人カップルが乗り込んできた。その二人は一階で降りた。

塚田は地下駐車場まで下った。

多門は先にホールに降り、ボルボXC40に向かって歩きはじめた。

塚田は小走りにパーリーホワイトのアウディに走り寄った。アウディの運転席には、三十一、二歳の女が坐っている。

不倫相手の御園洋子だろうか。いくらか目がきついが、美人は美人だ。

塚田がアウディの助手席に入り、女の肩に片腕を回した。

二人が短いくちづけを交わす。塚田がシートベルトを掛けた。

女性検事と思われるドライバーが塚田の唇に付着したルージュを指先で拭い落としてから、ゆっくりとアウディを走らせはじめた。

多門はボルボに乗り込み、急いでエンジンをかけた。早くもアウディはスロープに差しかかっていた。

多門は尾行を開始した。

アウディはホテルを出ると、半蔵門《はんぞうもん》方面に向かった。新宿通りに折れ、四谷三丁目交差点を左折する。多門は充分に車間距離を取りながら、慎重にアウディを追った。

やがて、アウディは大京町《だいきょうちょう》にあるマンションの地下駐車場に潜《もぐ》った。出入口はオートシャッターになっていた。

どうやら塚田は愛人の女性検事の自宅マンションに立ち寄ってから、世田谷区代田《だいた》の自分の家に帰るつもりらしい。当然、二人はベッドで求め合うのだろう。

多門はボルボをマンションの手前に停め、煙草をくわえた。

一服してから、静かに車を降りる。夜気は、まだ暑かった。マンションの表玄関まで歩く。

オートロック式のドアだった。勝手にエントランスロビーには入れない。

多門は集合郵便受けに目を向けた。六〇六号室のネームプレートに御園という文字が見えた。多門は表玄関から離れ、地下駐車場の出入口に足を向けた。植え込みの中にうずくまり、マンションのオートシャッターが開くのを待つ。

シャッターが開けば、外部からマンションの中に忍び込むことはできる。といっても、入居者の車が出入りする隙に侵入するわけではない。

オートシャッターの真下に小石かライターでも置いておけば、いったん閉まりかけたシャッターは自動的に巻き揚げられる。そのとき、スロープを一気に駆け降りるのだ。俯《うつむ》き加減に走れば、防犯カメラに顔はまともには映らない。

この方法で、多門は数えきれないほどオートシャッターを潜《くぐ》り抜けていた。

三十分ほど待つと、白いプジョーが近づいてきた。運転席の若い女がリモート・コントローラーを使って、オートシャッターを開けた。

すぐにフランス車はスロープを下っていった。

多門は麻の上着のポケットからライターを掴み出し、シャッターの真下に置いた。シャッターの底がライターに当たった。次の瞬間、オートシャッターが上昇しはじめた。

多門はライターを拾い上げ、マンションの地下駐車場内に忍び込んだ。伏し目がちにスロープを駆け降りる。

多門はすぐに防犯カメラに映らない場所に走り、じっと息を殺した。プジョーから若い女が降り、エレベーター乗り場に向かった。

多門は女性検事のアウディに近づいた。助手席を覗き込む。塚田の鞄も上着も見当たらない。

プジョーを運転していた若い女性が函《ケージ》の中に吸い込まれた。

多門はエレベーターホールに急いだ。あたりに人の姿は見えなかった。

六階まで上がる。

函の扉が開いた瞬間、黒いフェイスキャップを被った男が飛び込んできた。消音器を嚙ませたコルト・ガバメントを右手に握り締めている。

多門は足を飛ばした。

前蹴りは、わずかに外れた。男がサイレンサーの先端を多門の脇腹に突きつけ、急いで扉を閉めた。屋上のボタンが押される。

「トレーナーの鬼塚だなっ」

多門は相手を睨みつけた。

「違う」

「鬼塚と同じトレーナーだな？」

「少し黙ってろ」

男がうっとうしげに言った。

エレベーターが上昇しはじめた。間もなく屋上に着いた。

「先に降りるんだ」

男が命じた。多門は言われた通りにした。サイレンサーの先で、男が多門の背を突いた。

多門はスチールドアを開け、屋上に出た。

誰もいなかった。二十数メートル先に給水塔が見える。

ひとまず給水塔の向こう側に逃げ込もう。多門は横に跳《と》んで、右の肘打《ひじう》ちを放った。

エルボーは背後の男の胸板に当たった。男が短く呻いて、体のバランスを崩した。

多門は全速力で走った。一拍置いて、銃弾が追ってきた。多門は衝撃波を左脚に感じた。

被弾はしなかったが、風圧でスラックスが腿《もも》にへばりついた。

二弾目は頭上を駆け抜けていった。手摺《てすり》に着弾した音が聞こえた。

多門は給水塔の反対側に逃れた。左に回り込む振りをして、元の場所に戻る。

敵が給水塔の反対側に回った。

多門は給水塔の鉄梯子《てつばしご》に静かに足を掛け、素早くよじ登った。給水塔の上には、テレビの共同アンテナが設置されていた。多門は身を伏せた。

男が給水塔の周りを一巡し、鉄梯子の下で言った。

「給水塔の上にいることは、わかってるんだ。撃たないから、下に降りて来い！」

「…………」

「その気がないなら、こっちから行くぞ」

「来てみやがれ」

多門は怒鳴って、できるだけ後方に退がった。

数秒後、男の右腕が見えた。かすかな発射音がして、三発目が飛んできた。放たれた銃弾は、多門の肩すれすれのところを疾駆《しっく》していった。

多門は両腕を発条《ばね》にして、勢いよく起き上がった。

立ち上がりきったとき、黒いフェイスキャップが目に映じた。

多門は踏み込んで、相手の顔面を蹴った。男は反《そ》り身になりながら、そのまま屋上のコンクリート床まで落ちた。頭部を打ちつける音が聞こえた。多門は目を凝《こ》らした。

男は消音器付きの自動拳銃を握ったまま、微動だにしない。大の字に横たわっている。

多門は給水塔の上から降り、まずコルト・ガバメントを奪い取った。銃口を相手に向けながら、腰のあたりを蹴ってみた。

呻き声すら洩らさなかった。

多門は片膝をつき、男の右手首を取った。温《ぬく》もりはあったが、脈動は絶えていた。男は両眼を見開いたままだった。多門は男のポケットを探った。運転免許証、財布、スマートフォンなどを所持していた。

多門はライターの炎で、運転免許証の文字を読んだ。死んだ男は富永敬太《とみながけいた》という名で、三十三歳だった。多門は富永の運転免許証とスマートフォンを自分のポケットに移し、消音器付きのコルト・ガバメントはベルトの下に差し込んだ。腰の後ろだった。

多門は死んだ男から離れ、屋上からエレベーターホールに戻った。

そのとき、ポケットの中で富永のスマートフォンが鳴りはじめた。多門はスマートフォンを取り出し、すぐに耳に当てた。

だが、わざと言葉は発しなかった。ややあって、中年男の苛立《いらだ》たしげな声が流れてきた。

「おい、どうして黙ってるんだ？　富永君、例の大男は始末してくれただろうな」

「富永って野郎は、もう生きちゃいないよ。給水塔の鉄梯子から転げ落ちて、運悪く頭を打って死んじまった」

「き、きさまは……」

「弁護士の塚田だなっ。愛人の女検事とベッドでいいことしてる最中なんじゃねえのか。これから、六〇六号室に行く。ブリーフかトランクスか知らねえが、パンツぐらい穿《は》いときな。

御園洋子さんは、素っ裸のままでもかまわないよ」

「きさま、このままじゃ済まないぞ」

相手が言うなり、電話を切った。

多門は富永のスマートフォンを足許に落とし、荒々しく踏み潰《つぶ》した。それからエレベーターに乗り、六階まで降りる。

多門は六〇六号室の前で、奪った拳銃の残弾を数えた。三発だった。

ドア・ノブに手を掛ける。案《あん》の定《じょう》、ロックされていた。万能鍵を使って、ようやくロックを解く。

多門はドアを開け、御園洋子の部屋に入った。

室内は真っ暗だった。玄関ホールの電灯を点け、土足のままで奥に進む。

短い廊下の先はＬＤＫだった。多門は照明を灯《とも》した。リビングの右側に寝室らしい部屋がある。ドアは閉まっていた。

多門はコルト・ガバメントを構えながら、その部屋のドアを開けた。弁護士も女性検事もいなかった。室内を隅々まで検《しら》べてみたが、二人はどこにもいなかった。

多門は手に触れた物をハンカチで拭って、急いで地下駐車場に降りた。パーリーホワイトのアウディは消えていた。

2

腰が少し痛い。

多門は坐る位置をずらした。張り込んでから、すでに六時間が過ぎている。いまは午前十一時七分過ぎだ。

ボルボXC40は世田谷区代田の住宅街の路上に駐めてある。数十メートル先に塚田の自宅が見える。敷地は七十坪そこそこだろうが、家屋は立派だった。

多門は明け方の五時ごろ、塚田邸の電話線の保安器内部にヒューズ型盗聴器を仕掛けた。

それからＶＨＦ放送帯を使って盗聴を試《こころ》みているのだが、まだ塚田の家の固定電話は一度も発信も受信もない。

昨夜、塚田は愛人の御園洋子と都内のホテルに泊まったのだろう。何日も家族に連絡をしないはずはない。多門はそう判断し、ヒューズ型電話盗聴器を取り付けたのだ。

いまに必ず塚田は妻に電話をかけてくるにちがいない。

多門は新聞記者を装って、数十分前に塚田と洋子の職場に電話をかけてみた。どちらも、まだ出勤していないという話だった。

その後、多門は杉浦に電話をかけ、洋子のマンションでの出来事を話した。そして、死んだ富永敬太のことを調べてくれるよう頼んだ。

杉浦から連絡があったのは正午過ぎだった。

「富永って野郎は二十代の後半に四年間、フランス陸軍の外人部隊にいたよ。それで、仏領ギアナでゲリラ狩りをやってたようだな」

「杉さんのことだから、ついでに鬼塚ってトレーナーも調べてくれたんじゃないの？」

「ああ、抜かりはねえさ。鬼塚のフルネームは鬼塚茂久《しげひさ》で、やっぱりフランス陸軍の外人部隊に所属してたよ。もうひとりのトレーナーは名前がわからないんで、調べようがなかったがな」

「そう」

「クマ、もうひとつ情報があるんだ。女性検事の実兄の御園勝利《かつとし》は、帝都《ていと》大学工学部の附属電子工学研究所の研究員だったよ。年齢は三十六歳だったかな」

「それじゃ、マイクロチップ型の超音波受信装置や骨伝導マイクを造ったのは、御園勝利なんじゃないのかな」

多門は言った。

「そいつはほぼ間違いねえだろう。御園兄妹《きょうだい》の家族のことをちょいと調べてみたんだが、二人の父親は七年前の夏に暴走族《マルソー》の連中に木刀や鉄パイプで殴り殺されてた。バイクの爆音にたまりかねた父親が自宅を飛び出して、暴走族どもを強く窘《たしな》めたというんだ。で、逆に袋叩きにされちまったらしい」

「犯人グループの坊主どもは、少年院送りになったんだろう？」

「ああ、そうなんだ。主犯格の三人は一年十一カ月ぶち込まれたんだが、ほかの四人のガキは一年一カ月で仮退院になってる。未成年の場合、殺人でも二年以内にはたいていシャバに出られるからな」

「加害者の刑があまりにも軽いんで、御園兄妹は秘密処刑組織に力を貸す気になったってわけか」

「おそらく、そうなんだろう。それからな、きのうは石戸透に張りついてたんだが、別に怪しい動きはなかったよ」

「そう。石戸は、こっちの動きに気づいたのかもしれないね」

「ああ、考えられるな。もう少し石戸をマークしつづけてみるよ。それから、精神科医の八雲祐輔の不動産も洗ってみらあ」

「杉さん、帝都大学工学部の附属電子工学研究所はどこにあるんだい？」

「文京《ぶんきよう》区本郷《ほんごう》三丁目にある。行きゃ、すぐにわかるよ。クマ、さっそく御園勝利を締め上げる気だな？」

「そう」

「相手が電子工学の研究員なら、蹴りを入れるだけでビビるだろう。それが一番、手っ取り早いかもしれねえな」

杉浦がそう言い、先に電話を切った。

多門はスマートフォンを懐に戻し、ロングピースに火を点けた。一服し終えたとき、助手席に置いてある受信装置が塚田家の電話のコールサインを捉《とら》えた。

少し経つと、弁護士夫人が受話器を取った。

——わたしだ。

——昨夜はどうなさったの？　何も連絡がないんで心配したわ。

——心配かけて済まなかった。家の周りに不審な男がうろついてなかったか？

——また、裁判の縺《もつ》れで誰かに逆恨みされてるのね。

——どうもそうらしいんだ。それで、きのうはホテルに泊まったんだよ。怪しい人物はうろついてなかった？

——そういう男は見かけなかったわ。ただ、明け方、玄関先で誰かが砂利を踏んだような音がしたけどね。

——なんだって!? 窓ガラスが割られたんじゃないのか?

——ううん。朝刊を取るとき、家の周りをチェックしてみたの。でも、何も異変はなかったわ。泥棒が侵入しかけたんだけど、途中で諦《あきら》めたんじゃない?

——そうなんだろうか。何かあったら、すぐにわたしのスマホを鳴らしてくれ。

——もちろん、そうするわ。きのうだって、何度もあなたに電話したのよ。だけど、いつも電源は切られてた。どうしてなの?

——きのうは、しつこく脅迫電話がかかってきたんだ。それで、スマホの電源を切っといたんだよ。

——あなた、わたしを裏切るようなことをしてたんじゃないでしょうね?

——きみは何を疑ってるんだっ。

——そんなふうにむきになるのは、心に疚《やま》しさがあるからなんじゃない? まさか彼女と一緒だったんじゃないわよね。

——彼女って、誰のことなんだ?

——まあ、白々《しらじら》しい。美人検事さんのことよ。まだ御園洋子さんとつづいてるんでしょ?

——きみは誤解してるんだ。洋子さんとわたしは男女の関係なんかじゃない。同じ法曹界《ほうそう》の人間だし、『全日本犯罪被害者の会』の活動にも加わってくれてるんで、時々、食事をしてるだけだよ。

――わたしが浮気の現場に踏み込んだわけじゃないんで、あなたはシラを切り通そうとするでしょうね。でもね、女の勘でわかっちゃうの。

――何がわかると言うんだっ。

――ほら、またむきになった。あなたのワイシャツには、わたしが使っている香水とは別の匂いがよく染《し》み込んでるし、それからトランクスに女性の長い髪が付着してたことだってあるの。気づかなかったでしょ？　うふふ。

――おかしな笑い方をするな。洋子さんとは不倫関係じゃない。何度言ったら、わかるんだっ。だいたい腰の傷が痛くて、浮気なんかできるわけない。きみとだって、もう長いこと……。

――ええ、セックスレスの生活はもう一年以上になるわよね。だけど、あなたは女を抱けない体になったわけじゃない。現に傷口が痛まないときは、ちゃんと夫婦生活はあったわ。早い話、あなたはわたしの体に飽きて、三十一歳の美人検事に溺れたんでしょ？　あなたが望むんなら、すんなり別れてあげてもいいわよ。その代わり、慰謝料はたっぷり貰うからね。むろん、二人の子供の親権を渡すつもりもないわ。

――つまらんことを言うな。わたしは、きみと別れる気なんかない。

――それなら、今夜は帰ってきてちょうだい。

――もう二、三日、家には帰れないな。わたしを脅迫してる男は堅気《かたぎ》じゃなさそうなんだ。おそらく拳銃を持ってるんだろう。至近距離で撃たれたら、一巻のおしまいだ。

――それなら、今夜泊まる場所を教えて。

――どのホテルに移るか、まだ決めてないんだ。いずれにしても、スマホは一日中オンにしておく。

――わかったわ。

夫婦の会話は打ち切られた。

多門は舌打ちし、拳でステアリングを打ち据《す》えた。このまま張り込みをつづけても、塚田と女性検事の居所は摑めないだろう。

多門はボルボを走らせはじめた。本郷に向かう。

帝都大学工学部の附属電子工学研究所に着いたのは、午後一時半過ぎだった。

多門は朝から何も食べていなかった。研究所の近くの路上にボルボを駐め、レストランに入った。フィレステーキを二人前とタンシチューを注文する。真夏に時たま熱々のシチューを食するのは、若死にした母の影響かもしれない。

母は暑い季節に冷たいものばかり食べたり飲んだりしていると必ず夏バテすると言い、夏休みにシチューや寄せ鍋をよくこしらえた。いつも汗みずくになったが、爽快《そうかい》な気分を味わえた。

多門は昼食を摂ると、すぐ自分の車に戻った。

ホームページで附属電子工学研究所の電話番号を調べ、数字ボタンをタップした。科学雑誌の編集者になりすまして、御園勝利に電話を回してもらう。

「御園です。『サイエンスランド』の編集部の方だそうですね？」

「はい。中村一郎《なかむらいちろう》といいます」

多門は、ありふれた姓名を騙《かた》った。

「それで、ご用件は？」

「あなたは超音波の研究では、若手でナンバーワンだそうですね？」

「とんでもない。ぼくなんか、まだ駆け出しですよ」

「いえいえ、ご謙遜《けんそん》を。実は来月号で『二十一世紀を担う若き研究者たち』という特集記事を企画していましてね、ぜひ御園さんのことも紹介させていただきたいんですよ」

「ぼくは一介の電子工学の研究員にすぎません。そのような特集記事で取り上げられるような研究成果は上げてませんよ。せっかくのお話ですが、今回は遠慮させてください」

「あなたのことを紹介するという話は別にしまして、一度お目にかかれませんか？　場合によっては、御園さんの先輩の研究員のどなたかをご紹介していただくということで結構なんですがね」

「優秀な先輩が何人もいますよ。そういうことでしたら、お会いしてもかまいませんよ。ただ、きょうは午後八時にならないと、研究所を出られないんですよ」

「そうですか。それでしたら、わたし、その時刻にお迎えに上がります。研究所の前で落ち合うということで、いかがでしょう？」

「わかりました。それでは、後ほど」

御園が電話を切った。

八時まで、だいぶ時間がある。ひょっとしたら、御園洋子は自分のマンションに帰ってるかもしれない。

多門はボルボを大京町に向けた。

およそ三十分で、美人検事の自宅マンションに着いた。多門は車をマンションの近くに駐め、さりげなく外に出た。マンションの表玄関に回り、集合インターフォンに近づいた。

六〇六とテンキーを押してみたが、なんの応答もなかった。まだ塚田と行動を共にしているのだろう。

多門は車の中に戻った。

見覚えのあるアウディが前方から走ってきたのは午後四時過ぎだった。運転席には、御園洋子が坐っている。多門はサングラスをかけ、アウディが接近するのを待った。じきにアウディが地下駐車場の出入口に差しかかった。

多門はボルボを急発進させ、アウディの進路を阻《はば》んだ。洋子が腹立たしげにホーンを高く轟《とどろ》かせる。多門は警笛を無視して、ボルボから降りた。洋子が驚いて、アウディをバックさせる。

多門は地面を蹴った。アウディのフロントグリルに腹這いになり、フロントフレームにしがみつく。洋子が顔を恐怖に歪めながら、車をS字走行させはじめた。それでも、多門は振り落とされなかった。

洋子が観念し、アウディを路肩《ろかた》に寄せた。

多門はフロントグリルから滑り降り、アウディの運転席に回り込んだ。上着の裾を大きく捲《めく》った。ベルトの下には、消音器付きのコルト・ガバメントが差し込んであった。前夜、富永から奪った拳銃だ。弾倉《マガジン》には、まだ二発残っている。洋子が怯《おび》えはじめた。

「助手席に移ってくれ」

多門は銃把《グリップ》に手を掛け、身振りを交《まじ》えて命令した。

洋子が短くためらって、渋々、かたわらの席に移った。

多門は運転席のドアを開けた。座席を後方いっぱいまで退げ、ドライバーズシートにどっかと腰かけた。

「女性に手荒なことはしたくなかったんだが、ま、勘弁してくれ。それから、拳銃の不法所持にも目をつぶってもらいたいな」

「………」

美人検事は前方を見つめ、腕を組んだ。虚勢を張ったつもりなのだろう。多門は自分の左の太腿の上にサイレンサー付きのピストルを寝かせた。

「現職の女性検事が妻子持ちの弁護士と不倫してるのは、ちょっとまずいやな」

「塚田さんの居所を知りたいんでしょうけど、わたしは知らないわよ。きのうは西新宿のホテルに一緒に泊まったけど、午後二時前に彼と別れたから」

「その話は信じてやろう。けど、おれの質問に正直に答えなきゃ、そっちをセックスリンチにかける」

「セックスリンチですって⁉」

「そうだ。おれは、どの女も観音さまのように大事にしたいと思ってる。だから、女性には絶対に暴力は振るわない。その代わり、相手の官能を煽《あお》って口を割らせる」

「自信たっぷりね。わたしは、そのへんの安っぽい女とは違うわ。それに、あなたはわたしの好みのタイプじゃない」

「おれは、女にゃ高い授業料を払ってきた。そこそこのテクニックは身についてると自負してる。それじゃ、おれと勝負してもらおうか」

「受けて立つわ。あなたがわたしの体に火を点《つ》けられなかったら、何も言わずに退散してくれるわね？」

「いいだろう。その代わり、そっちがおれのフィンガーテクニックに屈したら、知ってることをすべて話してもらうぞ」

「そんなことにはならないわ」

洋子が自信たっぷりに言った。

多門はアウディのエンジンを切り、鍵を引き抜いた。洋子が助手席から出た。多門もアウディを降り、洋子にキーを渡した。

「そっちの車は、ここに置いといても問題ないだろう。おれのボルボを路肩まで寄せてくれ」

多門は洋子の片腕を軽く摑み、マンションの地下駐車場の近くまで連れ戻した。

洋子は素直にボルボの運転席に入り、滑らかに車を後退させた。マンションから三十メートルほど離れた場所にパークし、すぐにボルボから出てきた。

二人は表玄関からマンションに入り、六階に上がった。洋子は自分の部屋のドアの鍵穴が少しおかしくなっていることに気づき、多門を目で咎《とが》めた。

「塚田があんたの部屋にいると思ったんで、万能鍵でこじ開けたんだ。それから、室内には土足で入らせてもらった」

「マナー違反よ」

「急いでたんでな。勘弁してくれ。それはそうと、寝室のドアに内錠はあるよな？」

「ええ」

「それなら、玄関ドアがロックできなくても、安心して裸になれるだろ？」

多門は言った。

洋子は口をきつく結んだまま、ドアを開けた。多門は靴をちゃんと脱いでから、玄関ホールに上がった。洋子が先に奥に進んで、寝室の冷房のスイッチを入れた。多門は寝室のドアを後ろ手に閉め、ノブのフックボタンを押し込んだ。

室内の空気は、まだ蒸れていた。

それでも洋子は多門に背を見せる恰好《かっこう》で、手早く衣服を脱ぎはじめた。ブラジャーとパンティーを取り除くと、美人検事は前に向き直った。ナイスバディだった。

「さ、勝負よ」

洋子が女剣士のような表情で言い、ベッドに仰向けになった。屈辱感と羞恥心《しゅうちしん》に耐えられなくなったのか、彼女は片腕で目許を覆った。腕の内側は真っ白だった。

肌理《きめ》も濃《こま》やかだったが、乳房は小ぶりだ。乳首も小さい。ウエストは深くくびれ、腰は張っていた。腿には、ほどよく肉がついている。

「時間を三十分ぐらいに制限してほしいわ。際限《さいげん》なく性感帯を刺激されたら、相手が嫌いなタイプだって、ひとりでに体が反応してしまうかもしれないので」

洋子が初めて弱音を吐いた。熟《う》れた女性なら、当然、快感のメカニズムを識《し》り抜いているはずだ。理性の脆《もろ》さに早くも不安を覚えはじめているにちがいない。

勝負にそれほど時間はかからないだろう。

多門はセミダブルのベッドの際《きわ》に両膝をついた。大きな両手で優しく洋子の裸身を愛撫しはじめる。

陶器を撫《な》でるような手つきだった。乳房の裾野に指を遊ばせ、内腿を繰り返し撫で回す。乳首や秘部には、わざと指を近づけなかった。焦《じ》らしのテクニックである。

洋子は口を引き結んでいた。だが、多門の掌《てのひら》が乳首を掠《かす》めた瞬間、彼女はかすかな喘《あえ》ぎ声を洩らした。

多門は力を微妙に変えながら、性感帯を的確に煽った。

洋子の喘ぎに、淫蕩《いんとう》な呻《うめ》き声が混じりはじめた。恥丘《ちきゅう》全体を迫《せ》り上げ、時々、腰を切なげにくねらせる。多門は頃合を計って、右手の中指で合わせ目を下から捌《さば》いた。洋子が喉の奥で甘やかに呻いた。寄せられた眉根《まゆね》が妙に淫《みだ》らだった。

多門の指は熱い粘液に塗《まみ》れた。

洋子は、潤《うる》みをあふれさせていた。多門は愛液をはざま全体に塗り拡げ、集中的にクリトリスを慈《いつく》しみはじめた。

「いや、もうやめて。このままじゃ、わたし、負けちゃう」

洋子が不意に口走った。

「女《おなご》さ、困らせたぐねえけんど、おれも、勝たねばなんねんだ。わかってけろ」

「こんなときにふざけないでちょうだい」

「ふざけてるんでねえ。おれ、興奮するど、郷里《くに》の訛《なまり》さ、出ちまうんだ。耳障りかもしんねえけど、堪《こら》えてくんなませ」

多門は言い訳し、一段と高度なフィンガーテクニックを駆使しはじめた。

洋子は口とは裏腹に裸身を情熱的にくねらせつづけた。それから間もなく、女性検事は極みに達した。啜《すす》り泣くような声をあげながら、体を幾度も反らせた。

多門は両手をゆっくりと浮かせた。

3

裸身の震えが凪《な》いだ。

ほとんど同時に、美人検事が高笑いをした。

多門は一瞬、たじろぎそうになった。洋子が異様だと感じたからだ。だが、彼女の目の焦点は定まっていた。

「何がおかしいんだ？」

「あなたの頭は幼稚園児並みなのね。こんな勝負で負けたからって、わたしが何もかも話すわけないでしょうが」

「おれを騙《だま》したのか!?」

「騙したんじゃないわ。退屈しのぎに遊んであげたのよ」

「そっちは悪女ぶってるだけだ。そうだよな？」

多門は問いかけた。

洋子は薄く笑っただけだった。露骨な嘲笑《ちょうしょう》である。

「塚田なんかとつき合うから、性悪《しょうわる》になってしまうんだ。あんな男とは別れろ」

「余計なお世話だわ。もう服を着てもいいわよね？」

「駄目だ。そのまま動くな」

多門は枕許に回り、スマートフォンを取り出した。立ったまま、洋子の兄の職場に電話をかける。先方の電話が外れた。

「わたし、『サイエンスランド』の中村といいます。御園勝利さんをお願いします」

「少々、お待ちください」

若い女性の声が途切れた。多門は洋子を見下ろし、左目を眇《すが》めた。

「兄貴にヌードを見せてやれよ」

「あなた、何を考えてるのっ。兄をここに呼びつけて、どうする気なの⁉」

洋子が狼狽《ろうばい》しはじめた。多門は黙したままだった。女性をいじめるようなことはしたくないが、少し懲《こ》らしめる必要があった。

「お待たせしました。御園です。お約束の時間は八時でしたよね？」

「ちょっと事情が変わったんですよ。これから、すぐに大京町の妹さんのマンションに来ていただきたいんです」

「あなたがなぜ、妹のことをご存じなんです⁉」

「いいから、早く妹の部屋に来るんだ。いま、洋子さんは素っ裸でベッドに横たわってる」

多門は乱暴な口調で言い、スマートフォンを洋子の耳に近づけた。

「兄さん、救《たす》けて！」

洋子が叫んだ。多門はスマートフォンを自分の耳に当て、美人検事の兄に話しかけた。

「妹の声、聞こえたな？」

「洋子に変なことをしたのかっ」

「いいことをしてやったのさ。妹のことが心配なら、三十分以内にこっちに来い」

「もう少し時間をくれないか。道路が渋滞してるかもしれないんで」

「いいだろう、四十分だけ待ってやる」

「必ず行きますんで、妹に乱暴なことはしないでくださいね」

御園の口のきき方が丁寧になった。妹に危害を加えられることを恐れたのだろう。多門は薄く笑ってから、相手に問いかけた。

「マンションの暗証番号はわかってるのか？」

「ええ、知ってます」

「部屋のドアはロックできない状態だから、わざわざインターフォンを鳴らす必要はない。まっすぐ寝室に来な」

「わかりました」

御園が震え声で言い、先に電話を切った。

多門はスマートフォンを懐に収め、腰からサイレンサー付きのコルト・ガバメントを引き抜いた。洋子の眼球が恐怖で盛り上がる。

「あんたたち兄妹の父親は七年前、暴走族の七人に撲殺された。犯人の少年たちは二年も経たないうちに、全員が社会復帰した。正義感から奴らを窘《たしな》めた親父さんには、なんの非もなかった。理不尽な話だよな」

「わたしたちの父のことまで知ってたの!?」

「塚田は、おれのことをどう言ってた？」

「その質問には答えたくないわ」

「自分の父親がそんな殺され方をしたんで、そっちは塚田の考え方に共鳴するようになった。そして、兄貴も塚田に協力するようになったんだろう？」

「………」

「そっちの兄貴は塚田に頼まれて、『アルカ』に通ってた二十九人のキレやすいガキたちを殺人ロボットにするのに必要な超音波受信装置や骨伝導マイクを製造した。塚田は西崎に催眠術、薬物、超音波なんかを使って、少年たちを自在に操れるようにしろと命じた。西崎は元塾生たちを巧みにマインドコントロールして、犯罪加害者、その身内を衝動殺人に見せかけて殺害した。深川で牛刀を振り回した中谷直人は標的を殺《や》れなかったが、別の二人は太田浩司と二瓶琢磨の息の根を止めることができた」

「わたしには、なんの話かわからないわ」

「ま、聞けって。裁判の縺《もつ》れで逆恨みされて腰を刺された塚田は『全日本犯罪被害者の会』の代表幹事を務めながら、秘密処刑組織を結成した。凶悪な犯罪者が精神障害という理由で故意に刑事罰を免れたり、少年法で保護されて軽い刑しか与えられないことが赦《ゆる》せなかったからだ。どこか違うか？」

多門は訊いた。

洋子は黙したままだった。

「塚田は秘密処刑組織の存在を嗅ぎ当てた週刊誌記者の結城雅志を誰かにゴルフクラブで襲わせ、おれの始末にしくじった伍東敏和や布川護を大型保冷車で轢き殺させた。そして、組織のことを知りすぎてる西崎季之も闇に葬《ほうむ》った。おそらく西崎を消したのは、傭兵崩れの鬼塚茂久あたりなんだろう。女殺し屋の鮫島理沙を雇ったのも、塚田なのか？」

「わたしは何も知らないわ」

「しぶといな。塚田ひとりで、秘密処刑組織を束《たば》ねることは難しい。奴の背後に真の首謀者がいるんだなっ」

「知らない、何も知らないのよ」

「世話を焼かせやがる。黒幕のことはいい。おれ自身が闇の奥から引きずり出してやる」

「…………」

「青山博丈たち二十六人の少年とセックスペットにされてる五人の家出少女たちは、どこにいるんだ？　せめてそれだけは教えてくれ」

多門は縋《すが》るような気持ちで言った。

だが、洋子は何も喋ろうとしなかった。相手が男なら、手ひどく痛めつけることもできる。しかし、女性に暴力は振るいたくない。

多門はベッドに斜めに腰かけ、ロングピースに火を点けた。いつの間にか、洋子は毛布で裸身を覆っていた。

御園勝利が部屋に駆け込んできたのは午後五時半ごろだった。

長身で、知的な風貌だ。妹とはあまり似ていない。

「あなたは何者なんです？」

勝利がベッドの妹を不安顔で見ながら、多門に訊いた。

「こっちのことは詮索《せんさく》するな。それより、素っ裸になれ」

「どうしてそんなことを言うんです!?」

「そっちに逃げられちゃ困るからさ」

「わたし、逃げたりしません。このままで、そちらの要求をうかがいます」

「おれを怒らせてえのかっ」

多門は吼《ほ》えて、壁際のドレッサーに銃弾を浴びせた。鏡が砕け、尖《とが》った破片が飛び散った。

勝利が竦《すく》み上がった。

「兄さん、逆《さか》らわないで」

洋子が高く言った。勝利が小さくうなずき、衣服を手早く脱いだ。

少しためらってから、プリント柄《がら》のトランクスを押し下げた。ペニスは縮こまり、繁みに半《なか》ば埋もれていた。

「ベッドの中に入れ」

「わたしに、な、何をさせる気なんです!?」

「妹のヌードを見てやれよ。きれいだぜ」

「いくらなんでも、こんな恰好でベッドには入れませんよ」

「弾はもう一発残ってる。そっちの急所を撃ってやろうか」

多門は消音器の先を勝利の下腹部に向けた。勝利が慌《あわ》てて妹のかたわらに身を横たえる。

「準備完了だな。それじゃ、兄妹で愛し合ってもらおうか」

多門は毛布を荒っぽく剝《は》いだ。

二人の裸身が露《あらわ》になった。もちろん、本気で近親相姦を強《し》いる気はなかった。単なる威《おど》しだったが、兄妹は真《ま》に受けたようだ。

「そんなことはできないわ」

「きみ、それでも人間なのかっ」

兄妹が相前後して喚《わめ》いた。

「いきなりシックスナインからおっぱじめてもらおうか」

「もう堪忍《かんにん》して。わたし、知ってることは喋るわ」

「いい心がけだ。さっき、おれが言ったことで何か間違ってるか？」

多門は洋子に顔を向けた。

「大筋は、その通りよ。でも、わたしも兄も具体的な殺人内容は何も知らないの。塚田は、結城という週刊誌記者や西崎の口を封じさせたと言っただけだったから」

「洋子、そこまで喋ったら、われわれは殺されるかもしれないんだぞ。もう何も言うな！」

勝利が妹を叱りつけた。

「だけど、逆らいつづけたら、わたしたち、セックスさせられるのよ。そんなこと、絶対にいや！」

「ぼくだって、近親相姦なんかしたくない。ああ、どうすればいいんだ⁉」

「そっちは黙ってろ」

多門は勝利に言い、ふたたび洋子に顔を向けた。

「塚田はどこにいるんだ？」

「岐阜の東白川村《ひがししらかわ》の廃校になった分教場にいるはずよ。そこが新しいアジトなの」

「東白川村というのは、どのあたりなんだ？」

「飛騨木曾川《ひだきそ》国定公園の東の外れだって言ってたわ。中央自動車道の多治見《たじみ》IC《インターチエンジ》から美濃加茂《みのかも》市を抜けて、白川街道を行くそうよ」

「そうか。あんたたちは弾除《たまよ》けになってもらう。二人とも早く服を着ろ。東白川村までつき合ってもらうぞ」

「あなたの車で岐阜に行くの？」

「そうだ。運転は兄貴に頼もう。早くしろ」

「仕方ないわね」

洋子が呟いて、目顔《めがお》で兄を促《うなが》した。

勝利が先にベッドを降り、身繕《みづくろ》いをしはじめた。美人検事も身支度に取りかかった。

それから間もなく、多門は兄妹をマンションの外に連れ出した。ボルボの後部座席に洋子と並んで腰かけ、勝利にハンドルを握らせた。

首都高速から中央自動車道に入り、岐阜をめざした。勝利は安全運転を心がけているようだったが、多門はスピードを上げさせた。

多治見ＩＣを降りたのは午後九時四十分ごろだった。

ボルボは美濃加茂市を抜けると、しばらく国道四十一号線を北上した。やがて、白川トチノキ街道に入った。数十分走ると、東白川村に到着した。

「分教場のある場所をどこかで教えてもらってくれ」

多門はボルボを路肩に停めさせ、勝利に声をかけた。

「この近くには、ガソリンスタンドもコンビニもないようですよ」

「少し走れば、どこかに営業中の商店くらいあるだろう。妙な気を起こしたら、妹の柩《ひつぎ》を担ぐことになるぞ」

「一一〇番なんかしませんよ。だから、洋子には何もしないでください」

「麗《うるわ》しい兄妹愛じゃないか」

「行ってきます」

勝利が車を降り、小走りに走りはじめた。

「精神科医の八雲祐輔も『全日本犯罪被害者の会』のメンバーなのか？」

多門は洋子に訊いた。

「それはわからないけど、塚田と親交があることは間違いないわ」

「八雲が秘密処刑組織の陰の親玉なのかもしれないな。キレやすい小僧どもの心を操作して殺人マシンに仕立てるって発想は、いかにも精神科医らしいな。八雲の妻は通り魔殺人事件の被害者だ。奴は殺人ロボットを使って、もう死んだ女房の仇《かたき》を討ったのか？」

「わたしがそんなこと知るはずないでしょ！　わたしたち兄妹は、別に密殺チームのメンバーってわけじゃないんだから」

「メンバーじゃなかったとしても、塚田に親父さんを撲殺した七人の暴走族の処刑を頼んだんじゃないのか」

「わたしから彼に私刑《リンチ》を依頼したことはないわ。塚田のほうから、そのうち父の恨みを晴らしてやると……」

「だから、そっちの兄貴は超音波受信装置や骨伝導マイクを提供したわけか？」

「ま、そういうことね」

洋子がふてぶてしく答えた。

「塚田は、凶悪犯とその家族を何人ぐらい処刑する気でいるんだっ。百人か？　もっと多いのかい？」

「そんなことまで知らないわよ。でも、塚田は法で厳しく罰せられない悪質な精神障害者や凶暴な未成年は世の中のため、誰かが抹殺しなければならないって幾度も言ってたわ」

「法曹界にいる人間がずいぶんアナーキーなことを言うじゃないか」

「彼は理不尽な形で傷害事件の被害者になったから、アナーキーな気持ちになったんでしょうね。わたし、塚田が私的に裁きたくなった気持ちはよくわかるわ。わたしの父も理不尽な殺され方をしたので」

「救いようのない悪人どもを処刑したかったら、てめえの手を直《じか》に汚すべきだな。キレやすいガキたちを殺人ロボットにして、復讐を代行させるのはよくない。考え方が狡《ずる》すぎるじゃねえか」

多門は思っていることをストレートに言った。洋子が何か反論したげな顔つきになったが、言葉は発しなかった。

「言いたいことがあるんだったら、はっきり言えよ」

「別に言いたいことなんかないわ」

「そうかい。それはそうと、塚田から石戸透って名を聞いたことは？」

「石戸って誰なの？」

「知らなきゃ、それでいいんだ」

多門は口を結んだ。

そのすぐ後、勝利が駆け戻ってきた。

「使われてない分教場、わかったか?」

多門は問いかけた。

「ええ。数百メートル先に通学路だった入口があるそうです。そこから林道を登り切った所に分教場があるらしいんですよ」

「そうか。それじゃ、運転を頼むぞ」

「は、はい」

勝利が運転席に坐り、ふたたびボルボを走らせはじめた。

かつて通学路として使われていたという林道は未舗装で、ところどころに雑草が生い繁っていた。林道の両側は、うっそうとした森だ。

十数分で、林道を登り切った。急に視野が展《ひら》け、古ぼけた二階建ての校舎が見えた。いくつかの窓から淡い光が零《こぼ》れている。

電灯の光ではない。ランタンの灯だろう。

多門は校門の少し手前でボルボを停止させた。拳銃で威嚇し、最初に勝利を車から降りさせた。洋子の片腕を取りながら、多門も車から出た。

微風が頬を撫でる。満天の星が美しい。

多門は兄妹を楯《たて》にしながら、分教場の校門を潜《くぐ》った。校庭は、それほど広くない。正面に校舎が建っている。

三人は右側の金網に沿って進んだ。人影はない。車も見当たらなかった。

塚田たちは、また別のアジトに移ったのだろうか。そうなら、ランタンが灯っているわけはない。全員、もう寝入っているのか。

多門は歩きながら、コルト・ガバメントのスライドを引いた。残弾の一発が薬室《チャンバー》に落ちた。

校舎の端に達した。左手に渡り廊下があった。

「渡り廊下から、まず右側の校舎に入る。いいな?」

多門は御園兄妹に小声で言った。二人が小さくうなずいて、渡り廊下に足を向けた。

動く人影は見えない。

三人は渡り廊下から、右手の校舎内に入った。真っ暗だった。廊下にも教室にも、ランタンは灯っていなかった。

多門は兄妹を先に歩かせ、抜き足で階段を上がった。二階も無人だった。

三人は階下に降りた。

「反対側の校舎に移るぞ」

多門は二人に言った。

兄妹が渡り廊下に降りたとき、校庭側から黒いフェイスキャップを被った大柄な男が通路に躍り出た。短機関銃《サブマシンガン》らしい武器を構えていた。

「二人とも伏せろ」

多門は兄妹に声をかけ、横に跳んだ。

次の瞬間、勝利と洋子が身をのけ反らせた。銃声は聞こえなかったが、被弾したことは明らかだ。兄妹は折り重なるように倒れ、それきり動かなくなった。敵は消音型の短機関銃を持っているにちがいない。

フェイスキャップの男が掃射しはじめた。多門は廊下にスライディングした。夥《おびただ》しい数の九ミリ弾が頭の上を飛んでいった。

多門は腹這《ば》いになり、コルト・ガバメントの銃把《グリップ》を両手で保持した。寝撃ちの基本姿勢だ。

敵の顔面に狙いを定め、一気に引き金を絞った。

発射音は囁き声よりも、やや大きい程度だった。放った銃弾は、相手の眉間のあたりに命中した。

鮮血がしぶいた。男はくの字に体を折ったまま四、五メートル飛び、仰向けに引っくり返った。

多門は男に走り寄り、そばに転がっているドイツ製の消音型短機関銃を拾い上げた。ヘッケラー&コッホのMP5SDだった。

コルト・ガバメントを投げ捨て、消音型短機関銃のバナナ型弾倉を引き抜く。残弾は十発以上あった。

多門は屈み込み、黒いフェイスキャップを捲《めく》ってみた。顔半分が消え、人相はよくわからなかった。多門は兄妹の倒れている場所に戻った。どちらも、すでに息絶えていた。

多門は消音型短機関銃を腰撓《だ》めに構えながら、ランタンの灯が揺れている校舎に足を踏み入れた。

そのとたん、強いアーモンド臭《しゅう》が漂ってきた。青酸化合物特有の臭気だ。博丈たち二十六人の少年と五人の家出娘たちは毒殺されてしまったようだ。

多門は職員室に飛び込んだ。ランタンが床に置かれ、仄《ほの》かに明るい。

五人の十六、七歳の少女が点々と倒れていた。どの死顔も苦しげだ。喉を掻《か》き毟《むし》りながら、死の世界に入っていったのだろう。

残酷なことをやるものだ。

多門は職員室を出て、教室を次々に覗いた。四つの教室に元塾生らしき十六、七歳の少年が五人ずつ倒れている。五つ目の教室には、六つの死体が転がっていた。

青山博丈は五つ目の教室で死んでいた。どの死体のそばにも、紙コップが転がっていた。オレンジジュースで、床はあちこち濡れている。殺人ロボットにされた少年とセックスペットにされた家出少女たちは、なんの疑いもなく毒入りのオレンジジュースを飲んでしまったらしい。

「約束を守れなくて、ごめんな」

多門は博丈の亡骸《なきがら》に合掌し、教室を出た。

少し先に階段があった。塚田はとうに逃げてしまったにちがいない。しかし、傭兵崩れのトレーナーが校舎のどこかに潜《ひそ》んでいるかもしれなかった。

多門は階段のステップに足を掛けた。

そのとき、二階の廊下で足音がした。多門は階段の手摺《てすり》の陰に隠れた。

少し経つと、誰かが階段を駆け降りてきた。足音が踊り場で、いったん止まった。

多門は伸び上がった。踊り場に大柄な男が立っていた。右手に拳銃、左手に懐中電灯を握っている。

多門は消音型短機関銃で、男の両膝を撃ち砕いた。

男が呻いて、頭から階段を転げ落ちてきた。拳銃はステップの途中に落ち、懐中電灯は男のそばに転がっている。

多門は俯《うつぶ》せで唸っている男に近づき、足で仰向けにさせた。

「殺しのテクニックを教えてたトレーナーの鬼塚か？」

「自分の名前も忘れちまったよ」

「いま、思い出させてやる」

「撃つな！　おれは鬼塚だ。仲間がいたはずだが……」

「フェイスキャップを被った野郎は、おれがシュートした。てめえが子供たちに毒入りのオレンジジュースを飲ませたのか？」

「紙コップを配ったのは、あんたに撃たれた植松《うえまつ》って奴だよ。ガキなんか始末したくなかったんだが、塚田さんの命令だったんでな」

「塚田はどこに逃げやがった？」

「東京に戻ると言って、八時ごろ、ここから出ていったよ」

「『週刊エッジ』の結城って記者をゴルフクラブでめった打ちにしたのは、てめえなのかっ」

「その仕事《ビジネス》は植松が引き受けたんだ。嘘じゃないよ」

鬼塚が唸りながら、苦しげに言った。

「西崎は誰が殺《や》ったんだ？」

「おれだよ」

「大型保冷車で二人の元塾生を轢《ひ》き殺したのは誰なんだっ」

「それは、大京町のマンションの屋上で死んだ富永って仲間だよ。すべて塚田さんに頼まれてやったことなんだ」

「鮫島理沙って女殺し屋も塚田に雇われてるんだな？」

「そんな女は知らない。もしかしたら、精神科医の八雲って男に雇われたのかもしれないな。塚田さんはアンダーボスで、八雲がいろいろ指図してるみたいだったから」

「そうかい。地獄で泣きな」

多門は数メートル退がって、鬼塚に残弾をすべて撃ち込んだ。

4

徒労感が消えない。

虚《むな》しい気持ちだ。多門は冷めたブラックコーヒーを啜った。自宅マンションだ。

岐阜の分教場で三十一人の少年少女が毒殺されたのは、いまから四日前のことだ。大量毒殺事件は、マスコミに派手に取り上げられた。しかし、捜査当局はいまも犯人を逮捕していない。帰京した多門は連日、塚田の行方を追った。弁護士の自宅の電話を盗聴し、事務所にも行ってみた。だが、いま現在、塚田の居所は摑めていない。

多門は杉浦を八雲祐輔に張りつかせた。だが、著名な精神科医は東都医科大病院と成城《せいじょう》五丁目にある自宅を往復するだけで、誰とも接触する様子はなかったという。

きょう中に塚田の隠れ家を突きとめられなかったら、八雲を拉致《らち》して締め上げるつもりだ。

多門は遠隔操作器《リモート・コントローラー》を使って、テレビの電源スイッチを入れた。正午を回ったばかりだった。

幾度かチャンネルを換えると、ニュースを流している局があった。女性アナウンサーの顔が消えると、画面に見覚えのある断崖が映し出された。伊豆の石廊崎《いろうざき》だった。

多門は画面を凝視し、音量を上げた。

「今朝九時半ごろ、石廊崎の断崖下の海中でビデオ撮影していた地元のダイバーが男性の水死体を発見しました」

画像が変わり、塚田の顔写真が映し出された。

塚田は消されたにちがいない。多門は、そう直感した。

「警察の調べで、亡くなった男性は東京・世田谷区代田に住む弁護士の塚田保さん、四十六歳とわかりました。塚田さんの背広のポケットに入っていたスマートフォンには、怪我の後遺症に苦しめられているという内容のメモが保存されていました。そのことから、自殺を図ったと思われます。そのほか詳しいことはわかっていません。次はスポーツです」

また、画像が変わった。

多門はテレビの電源スイッチを切って、煙草をくわえた。おそらく塚田は、石廊崎の崖っぷちから誰かに突き落とされたのだろう。八雲自身は東京から離れていない。

女殺し屋が八雲に頼まれて、塚田の背を強く押したのか。そうではなさそうだ。殺し屋《プロ》なら、そのような素人っぽい手口は選ばないだろう。第一、面識もない相手を断崖の近くまで誘い出すことは難しい。

塚田と八雲の連絡係を務めていた人物が犯人なのではないか。

そこまで考えたとき、脳裏に石戸透の顔が浮かんだ。石戸の行動は、ずっと気になっていた。殺された結城の同僚記者が敵の内通者だったのではないだろうか。

探りを入れてみるか。多門はスマートフォンを摑み上げ、ディスプレイに登録番号を流しはじめた。石戸のナンバーも登録してあった。

すぐに電話をかけた。待つほどもなく石戸が電話口に出た。

「多門です」

「あっ、どうも。その後、どうなんでしょう？」

「なかなか犯人にたどり着けなくて、頭を抱えてるんですよ。それより、伊豆の石廊崎でこっちに気づかなかったようですね。大声で石戸さんに呼びかけたんですが……」

多門は鎌をかけた。

「伊豆の石廊崎ですって⁉」

「ええ。きのうの夕方、あなたは崖っぷちに立って、夕陽を眺めてたでしょ？」

「人違いですよ。わたし、伊豆になど行ってません。絶対に行ってませんよ」

石戸が怒った口調で言った。電話の向こうから、狼狽の気配がありありと伝わってきた。

「いやあ、あれは間違いなく石戸さんだったな」

「何を言ってるんですっ。人違いだと言ってるでしょうが！　伊豆には行ってません。あなたが見たというのは別人ですよ」

「人違いだったのかな。それにしても、ずいぶんむきになって否定しましたね。石戸さんが石廊崎にいたら、何かまずいことになるのかな」

「別にそんなことはありませんよ。あなたが断定口調だったんで、つい感情的な言い方をしてしまったんです。すみませんでした」

「謝らなきゃならないのは、こっちだろうな。確かに、失礼な言い方だったかもしれない。それはそうと、あなた、取材で精神科医の八雲祐輔に会ったことがあります？」

「ちょくちょくマスコミに登場してる八雲祐輔のことは知っていますが、一度も会ったことはありません。なぜ、そのようなことをお訊きになるんです？」

「知り合いの男が事業に失敗して、うつ病になってしまったんですよ。あなたが八雲祐輔と知り合いなら、ちょっと紹介してもらおうと思ったんですがね」

多門は言い繕《つくろ》い、ほどなく電話を切った。

石戸のうろたえようは尋常ではなかった。彼は前夜から未明にかけて、伊豆にいたのではないのか。八雲祐輔のことを話題にしたときも、思いなしか落ち着きがなかった。

石戸も過去に犯罪に巻き込まれ、苦々《にがにが》しい思いをしたことがあるのか。あるいは、恋人か身内の誰かが犯罪被害者になってしまったのかもしれない。

そんなことで、石戸は秘密処刑組織の一員になったのか。そして、同僚記者だった結城が組織の陰謀を暴《あば》く気でいることを知ったのだろうか。それだから、石戸は結城がどこかに隠した可能性がある証拠写真や密談音声のありかを突きとめようとしていたとも推測できる。

そのうち、杉浦が石戸に関する新情報を手に入れてくれるかもしれない。何も出てこないようだったら、石戸をちょっと痛めつけるつもりだ。

多門はロングピースに火を点けた。

一服し終えたとき、結城真奈美から電話がかかってきた。

「いま、西永福の従兄の部屋にいるの。義理の伯母に頼まれて、こっちで処分する物をまとめてるのよ。それで冷蔵庫を動かしたら、裏の壁にガムテープでデジカメが留《と》めてあったの。従兄が撮《と》った静止画像や動画がSDカードに入ってるんじゃないかしら？」

「多分、そうだろう」

「デジカメ、クマさんのマンションに届けようか？」

「いや、おれがそっちに行くよ。部屋で待っててくれ」

多門は電話を切り、急いで部屋を出た。

ボルボXC40で西永福に向かう。三十数分で、結城雅志が住んでいた低層マンションに着いた。

一〇五号室の玄関ドアは大きく開け放たれていた。掃除中なのだろう。

「真奈美ちゃん、おれだよ」

多門は玄関先で声をかけた。

すぐにダイニングキッチンから真奈美が現われた。白のプリントTシャツに、黒のワイドパンツという軽装だ。頭には赤いバンダナを巻いている。

「家具は近くのリサイクルショップに引き取ってもらうことになったの」

「そうか。後で手伝うよ。とりあえず、デジカメをチェックさせてくれないか」

多門は、ごつい手を差し出した。真奈美が掌の上にデジタルカメラを載せた。容器は少し粘《ねば》ついていた。ガムテープをきれいに引き剝《は》がせなかったようだ。

デジタルカメラの写真と動画を手早く再生する。

最初の数カットには、西崎と塚田がホテルのロビーで談笑しているところが連写されている。次の五、六カットは、廃業したペンションを隠し撮りしたものだった。

枝越しに、傭兵崩れの三人のトレーナーが『アルカ』の元塾生たちに殺人テクニックを教え込んでいる姿が映っている。同じ動画に、白衣姿の西崎も映っている。

元塾生の中には、青山博丈、伍東敏和、布川護も混じっていた。深川の路上で牛刀を振り回した中谷直人も、どこかにいるのかもしれない。太田浩司を殺した少年や二瓶琢磨を殺《あや》めた元塾生もいるのだろう。

塚田と八雲が映っている動画もある。二人はレストランの個室《コンパートメント》席に入るところやモーターボートに乗り込むところを撮られていた。

残りは、ゴルフ場のクラブハウスを捉《とら》えた写真だった。八雲が六十代半《なか》ばの男と向かい合って、黒ビールのジョッキを傾けている。

相手の男の顔は、どこかで見た記憶があった。じきに多門は思い出した。男は、元法務大臣の稲山祥平《いなやましょうへい》だった。稲山は民自党のベテラン国会議員で、大臣時代に少年法の改正を急ぐべきだと公言していた。

元法務大臣は刑罰の対象年齢を十一歳まで引き下げることを強く望んでいた。そうしたことを考えると、稲山が真の黒幕臭い。

まだ推測の域を出ないが、稲山は自分の考えが受け入れられなかったことに焦《じ》れて少年犯罪の激増を演出したのではないか。凶悪な少年犯罪が目に余れば、当然、刑罰の対象年齢を十一、二歳まで引き下げるべきだという世論が高まるだろう。きっと狙いは、それだったにちがいない。

多門は確信を深めた。

八雲や塚田は稲山に協力することで、個人的な恨みを晴らしたかったのだろう。救いようのない犯罪者たちを義のために処刑するという名目で、巧みに個人的な復讐を遂げようとしたのではないだろうか。

復讐そのものを否定する気はない。赦しがたい人間に憎悪や殺意をぶつけるのは別段、かまわない。ただし、犯行に及ぶときは自らの手を汚すべきだ。激情型の非行少年たちの心を操り、殺人ロボットに仕立てるのは卑劣すぎる。

稲山が政治家として手柄を立てたいと思って八雲や塚田を焚《た》きつけたのだとしたら、誰よりも赦しがたい。

多門は真奈美に静止画像と動画を改めて観《み》てもらってから、ＳＤカードごとデジタルカメラを借り受けた。

その直後、杉浦から電話がかかってきた。

「クマ、塚田の水死体が石廊崎の海底から引き揚げられたぜ」

「知ってる。テレビニュースで観たんだ。ニュースじゃ塚田が投身自殺したようだと言ってたが、他殺だろうね」

「おれも、そう筋を読んでる。塚田を海に突き落としたのは、石戸透かもしれねえな。石戸は昨夜、八雲邸を訪ねた後、下田行きの長距離バスに乗り込んだんだ」

「やっぱり、そうだったか」

多門は石戸を怪しみ、電話で鎌をかけたことを話した。

「石戸が狼狽したんなら、まず真犯人《ホンボシ》と見ていいだろう。それからな、新情報を摑んだぜ。石戸は大学を出てから五年間、元法務大臣の稲山祥平の私設秘書というか、書生みたいなことをしてた。しかし、自分が政治家には向かないと悟ったらしく、週刊誌の特約記者になったみてえなんだ」

「杉さん、それで謎が解けたよ。真の首謀者は稲山祥平だな」

「クマ、説明してくれや」

杉浦が促《うなが》した。

多門は結城が自宅マンションに隠してあった画像データのことを明かし、自分の推測も付け加えた。

「クマ、冴《さ》えてるじゃねえか。大筋は、その通りなんだろうな。黒幕が稲山だってことも正しいと思うよ。けど、稲山を押さえるのは難しいぜ」

「チコを使って、まず八雲を押さえて締め上げるよ」

「なるほど、その手があったか。それじゃ、おれは待機してらあ。何かあったら、すぐ駆けつけてやる」

杉浦が電話を切った。

多門は真奈美に石戸が敵と繋《つな》がっている証拠を挙げて、稲山祥平に対する疑惑も語った。

「クマさんの話を聞いて、石戸さんの不審な行動の意味がわかったわ。それにしても、悪い奴ね。従兄とは仲のいい振りをしながら、裏切ってたんだもの」

「なんらかの形で少し懲《こ》らしめてやるよ」

「従兄が隠していた写真や動画をどうするの？」

「知り合いの新聞記者にスクープ種《ダネ》を提供して、稲山と八雲の逮捕のきっかけを作ってもらおうと思ってるんだ。無能な警察に何も協力してやることはねえからな」

「ええ、そうね」

「部屋の片づけを手伝うって言ったが、一刻も早く新聞記者に会ったほうがいいと思うんだ」

「そうね。クマさん、そうして」

真奈美が同意した。多門は真奈美に嘘をついたことを後ろめたく感じながら、そそくさと一〇五号室を出た。

ボルボに乗り込むと、チコのスマートフォンを鳴らした。

「おれだよ」

「あーら、クマさん。いま、クマさんに電話しようと思ってたとこなの。きょうはお店がお休みだから、二人で何か食べに行こうよ」

「それより、おめえにちょっと協力してもらいてえことがあるんだ。チコ、これから三十分後に四谷の東都医科大病院の正面玄関で落ち合おう」

「いきなり何なの？　男は無口なほうがいいって言うけど、それじゃ言葉が足りなすぎるわ」

チコがからかうように言った。

多門はこれまでの流れを手短に説明し、精神科医の八雲を締め上げる気でいることも打ち明けた。

「あの先生、そんな悪いことをしてたの!?　びっくりだわ。人は見かけによらないもんねえ。で、あたしは何をすればいいわけ？」

「八雲が仕事を終えて帰るとき、病院の駐車場で奴に色目を使ってくれねえか。杉さんの調べで、八雲はジャガーXFで病院に通ってるらしいんだ。それから、精神科のドクターは午後五時には仕事から解放されてる」

「八雲をどこに拉致するの？」

「チコ、『孔雀』の合鍵を預かってるよな？」

「ええ」

「なら、そっちが働いてる店に連れ込もう」

「クマさん、あんまり派手にお店で暴れないでよ。テーブルなんかを壊しちゃったら、後で早苗《さなえ》ママにあたしが叱られちゃうから」

「ママじゃなく、パパだろうが。早苗は、元歌舞伎役者なんだから」

「クマさんったら、冗談言ってる場合じゃないでしょ！」

「そうだな。それじゃ、病院で落ち合おう」

「いいわ。あたし、タクシー飛ばしていく」

チコが慌《あわ》ただしく電話を切った。

多門はボルボをスタートさせた。甲州《こうしゅう》街道に出て、そのまま新宿通りを進む。東都医科大病院は四谷二丁目にある。

病院の駐車場は一般外来用と病院関係者用に分かれていた。多門は製薬会社の社員のような顔をして、ボルボを病院関係者用駐車場に進めた。

日陰にジャガーXFが駐めてある。八雲の車だ。その左隣が空《あ》いていた。多門はジャガーの横に自分の車を停めた。

一服してから、病院の表玄関に回る。すでにチコは待っていた。綿ジョーゼットのワンピース姿だった。きれいに化粧をしていた。

多門はチコを伴って、病院の喫茶室に入った。コーヒーを飲みながら、四時四十分まで時間を潰した。それから二人は、病院関係者用駐車場に足を向けた。チコをジャガーXFの近くにたたずませ、多門自身は少し離れた車の陰に隠れた。

八雲が姿を見せたのは五時十分ごろだった。

打ち合わせ通りにチコが八雲にまとわりつき、片腕を掴んだ。マスクの整った精神科医は困惑しながらも、まんざらでもなさそうな表情だった。サンドベージュのスーツを着込み、ネクタイもきちんと締めている。

多門は足音を殺しながら、八雲の背後に回った。

首に手刀打《しゆとう》ちを浴びせると、八雲はその場にうずくまりそうになった。多門は八雲を向き直らせ、強烈な当て身を見舞った。

八雲が唸りながら、ゆっくりと頽《くずお》れた。多門は八雲の顎《あご》の関節を外してから、ボルボのトランクリッドを開けた。

素早く八雲を抱え上げ、トランクルームの中に入れた。チコが心得顔で助手席に坐る。多門は運転席に入り、ごく自然にボルボを発進させた。

歌舞伎町《かぶきちよう》の『孔雀』まで十分そこそこしかかからなかった。

多門はボルボを店の前に横づけした。チコが合鍵で手早くドア・ロックを解いた。多門は八雲をトランクルームから引きずり出し、店内に連れ込んだ。

エアコンディショナーは作動したばかりで、温気《うんき》は熱を孕《はら》んでいた。

「柔道の技を教えてやらあ」

多門は八雲に送り足払い、大腰、釣り込み腰、大内刈り、体落とし、一本背負い投げと休みなく技を掛けた。顎の関節は外したままだった。

繰り返し店のフロアに叩きつけられた八雲は肩で呼吸し、涎《よだれ》を垂らしつづけた。目には、涙を溜めていた。

「イケメンのドクターも、とんだ三枚目ね」

チコがソファに腰かけ、細巻きのアメリカ煙草に火を点けた。

多門は八雲を摑み起こし、壁に幾度も頭を叩きつけ、さらにカウンターに額を打ち据えた。

八雲は聞き取りにくい声で許しを乞うた。

多門は顎の関節を元通りにしてから、上着のポケットに忍ばせたＩＣレコーダーの録音スイッチを入れた。

額から鮮血を流している八雲は、すっかり怯《おび》えきっている。多門が質問する前に、陰謀の内容を進んで喋《しゃべ》った。

やはり、首謀者は稲山祥平だった。稲山は意図的に凶悪な少年犯罪を多発させ、少年法の改正を世間にアピールしたかったという。八雲と塚田は個人的な恨みから、犯罪者狩りに手を貸す気になったらしい。『アルカ』の塾生たちを殺人ロボットに仕立てるアイディアを提供したのは、元法務大臣だという。マインドコントロールの方法を練ったのは、八雲だったらしい。

八雲は西崎に命じて、催眠術をかけた少年たちにビタミン剤と称するドイツ製の神経遮断薬を服《の》ませ、その後、美人検事の兄がこしらえたマイクロチップ型の超音波受信装置や骨伝導マイクを耳の奥などに埋めて、殺意を煽《あお》っていたという。

稲山はかつて書生だった石戸透から、結城雅志が秘密処刑組織のことを探っていると聞かされ、彼に証拠を握り潰せと命じたらしい。しかし、石戸はついに結城の画像データを探し出せなかった。

塚田を石廊崎の断崖から海に突き落としたのは、やはり石戸だった。

「鮫島理沙を雇ったのは誰なんだ？」

「稲山先生だよ。彼女は、数々の伝説に彩《いろど》られた凄腕の暗殺請負人のひとり娘だという話だ」

「女殺し屋の父親は、まだ現役なのか？」

「いや、何年か前に肺癌《がん》で亡《な》くなったそうだ」

「女殺し屋は父親の仕事を継《つ》いだわけか」

「そういうことになるね」

「稲山に電話しろ」

多門は八雲に言って、上着のポケットからＩＣレコーダーを取り出した。停止ボタンを押す。

「わたしの話を録音してたのか!?」

八雲の声は裏返っていた。

「それだけじゃない。おれは、結城雅志が隠し撮りした画像データを持ってるんだよ。西崎、鬼塚たち三人のトレーナー、塚田、あんた、稲山が写真や動画に映ってる。十里木の潰れたペンションの様子も撮影されてた。もう逃げられねえな、あんたも稲山もな」

「われわれをどうする気なんだ？」

「そいつは稲山の出方次第だな。早く電話しなっ」

多門は急《せ》かした。

八雲が自分のスマートフォンを使って、稲山に電話をかけた。多門はすぐにスマートフォンを奪い、稲山に録音音声を聴かせた。その後、結城が隠し撮りした画像データを持っていることも告げた。

「そっちの要求は？」

稲山が憮然《ぶぜん》とした声で訊いた。

「その前に質問に答えてもらおう。秘密処刑組織のメンバーは何人いるんだ？」

「わたしを入れて二十八人だよ」

「会員名簿はあるな。それを渡してもらおうか」

「要求は、それだけなのか？」

「会員名簿のほかに、殺された結城、元塾生、家出少女たちの香典として十億円の小切手を用意しろ」

「そんな巨額は都合つかない。一億ぐらいなら、何とかなるが……」

「ふざけるな。それじゃ、録音音声と画像データは東京地検か毎朝新聞の東京本社に届けることにしよう」

「ま、待ってくれ。十億円の小切手は用意する。その代わり、ICレコーダーや画像データは渡してくれるな？　もちろん、八雲君も返してもらう」

「いいだろう」

「それで取引場所は？」

「今夜午前零時に夢の島《ゆめのしま》公園に来い。熱帯植物館の前の遊歩道で待ってる。妙なお供を連れてきたら、皆殺しだ。そいつを忘れるんじゃねえぞ」

多門は稲山に言って、スマートフォンを八雲に投げ返した。

静かだった。

葉擦《はず》れの音だけが耳に届く。

多門は八雲の片腕を摑み、夢の島公園の遊歩道に立っていた。ごみで埋め立てられた人工島だが、緑は豊かだ。公園に隣接しているアスレチック広場も樹木が多い。

野球場、サッカー場、総合体育館、サイクリングロードなどを備えたスポーツ公園だ。第五福竜丸《ふくりゅうまる》展示館があることでも知られている。

同船は昭和二十九年、太平洋のビキニ環礁でアメリカの水爆実験に巻き込まれ、大量の放射能を浴びてしまった。展示されている船体、錨《いかり》、漁船員たちの遺品は核の恐怖を静かに語りかけてくる。

外周路に車が停まった。午前零時二分前だった。

ほどなく稲山が遊歩道の向こうから、足早に歩いてきた。ひとりだった。灰色の背広姿だ。

多門はあたりを見回した。

人影は見当たらない。稲山が立ち止まり、懐《ふところ》から会員名簿と裸の小切手を差し出した。

小切手の額面はわずか百万円だった。多門は、秘密処刑組織の会員名簿を手早く繰った。会員は社会的地位の高い男ばかりだった。

「ゼロがいくつも足りねえな」

「気が変わったのさ。後ろを見たまえ」

稲山が余裕たっぷりに言って、顎をしゃくった。

多門は反射的に振り向いた。十数メートル後ろに鮫島理沙が立っていた。消音器を装着したグロック17を手にしている。オーストリア製の高性能拳銃だ。

「先生、どうかお赦《ゆる》しください」

八雲がおもねるように言い、稲山に走り寄った。稲山は無言で八雲の肩を叩いた。

「やっぱり、来たな。会いたかったぜ」

多門は女殺し屋に笑いかけた。理沙は無表情のまま、両腕を前に突き出した。

「鮫島、早く始末しろ」

稲山が理沙に命じ、一歩ずつ退《さ》がっていく。精神科医が国会議員に倣《なら》った。

多門は、理沙が園灯の近くにいることに感謝したかった。引き金を絞り込むとき、二の腕の筋肉がわずかに盛り上がる。それを見て取れれば、銃弾を躱《かわ》すタイミングを外すことはないだろう。

「おい、何を迷ってるんだっ」

稲山が焦れて怒鳴った。

理沙が三十度ほど体の角度を変え、二発連射した。太い樹木の陰で男の短い声がした。次の瞬間、暗がりから遊歩道に銃身を短く切り詰めた散弾銃《ショットガン》が落ちた。

「鮫島、なんてことをするんだっ」

稲山が怒声を張り上げた。

そのとき、左胸を押さえた石戸がよろよろと遊歩道に現われた。右の肩にも被弾していた。

石戸は女殺し屋を睨みつけながら、数メートル歩いた。それが限界だった。石戸は前のめりに倒れ、それきり動かなくなった。息絶えたようだ。

理沙が横に走りながら、稲山と八雲の頭に一発ずつ撃ち込んだ。

二人は突風を受けたような感じで、仰向けに引っくり返った。どちらも、額から上は吹き飛ばされていた。

「どういうことなんだ?」

多門は女殺し屋に声を投げた。

「稲山の台詞《せりふ》じゃないけど、気が変わったのよ。今度の依頼人《クライアント》は下衆《げす》すぎるわ。稲山から成功報酬を貰ったら、わたしまで汚れちゃう」

「殺し屋《プロ》には、殺し屋《プロ》の誇りがあるってわけか」

「ま、そうね」

「いいこと言うじゃねえか。おれたち、波長が合うな。体だって、合うんじゃないか。仲よくしようや」

「男はノーサンキューだわ。追ってきたら、殺《や》るわよ」

理沙が言いざま、いきなり発砲した。的《まと》は、わずかに外されていた。

とっさに多門は姿勢を低くした。二発目は、頭を掠《かす》めそうだった。多門は身を伏せた。

理沙が樹木の間に走り入った。

彼女を淑女《レディー》にするのは自分の務めだ。金は後日、秘密処刑組織のメンバーから集金すればいい。多門は起き上がって、理沙を追った。

園内をくまなく走り回ってみたが、女殺し屋はどこにもいなかった。多門は遊歩道に立ち尽くしたまま、しばらく動けなかった。

遠くで、車を急発進させる音が聞こえた。理沙にちがいない。

多門はボルボＸＣ40に向かって疾走しはじめた。もう間に合わないだろうが、全速力で駆けた。

二〇〇〇年八月　祥伝社文庫刊

光文社文庫

毒蜜《どくみつ》 闇《やみ》死《し》闘《とう》 決定版

著者 南《みなみ》 英《ひで》 男《お》

2022年11月20日 初版1刷発行

発行者 鈴木広和
印刷 堀内印刷
製本 榎本製本

発行所 株式会社 光文社
〒112-8011 東京都文京区音羽1-16-6
電話 (03)5395-8149 編集部
8116 書籍販売部
8125 業務部

ISBN978-4-334-79447-7 Printed in Japan

組版 堀内印刷

光文社文庫　好評既刊

森下雨村　小酒井不木　ミステリー文学資料館編
ラットマン　道尾秀介
カサギたちの四季　道尾秀介
光　道尾秀介
満月の泥枕　道尾秀介
赫眼　三津田信三
海賊女王(上・下)　皆川博子
ポイズンドーター・ホーリーマザー　湊かなえ
告発前夜　南英男
仕掛け　南英男
獲物　南英男
監禁　南英男
醜聞　南英男
拷問　南英男
黒幕　南英男
掠奪　南英男
反骨魂　南英男

悪報　南英男
謀略　南英男
破滅　南英男
刑事失格　南英男
女殺し屋　南英男
復讐捜査　南英男
毒蜜快楽殺人 決定版　南英男
月と太陽の盤　宮内悠介
博奕のアンソロジー　宮内悠介リクエスト!
野良女　宮木あや子
婚外恋愛に似たもの　宮木あや子
スコーレNo.4　宮下奈都
神さまたちの遊ぶ庭　宮下奈都
つぼみ　宮下奈都
クロスファイア(上・下)　宮部みゆき
スナーク狩り　宮部みゆき
チヨ子　宮部みゆき